U0565463

史鹤幸 著

幽兰燕影

一个抒情女高音的星路物语

上海三联书店

摄于上海

摄于2005年

摄于上海2005年

摄于2019年

在上海

日本宇都宫音乐会

2018年平湖李叔同纪念馆

摄于东京艺术大学硕士毕业纪念

2016年与孙启新先生演出合影

穿和服于大阪演出前

在师母张南云家学习

朋友聚会

迎中秋演唱会

西南大学上海校友会合影

1999年3月25日硕士毕业与钱钢（丈夫）合影

2003年于上海

上海外滩2007年

妹妹（左）再添新女

美国高尔夫球场

与父母合影2007年

2019年在上海

幽兰燕歌　陈佩秋题

序一　天下谁人不识君

杨逸明

　　与歌唱家潘幽燕结识是缘分。结缘有时是偶然,有时是必然。

　　我是个中华诗词爱好者,平时也写一些旧体诗词。当然,对于当代歌手演唱古典诗词就情有独钟。在荧屏上欣赏过邓丽君唱的"无言独上西楼""明月几时有""恰似一江春水向东流"……也听过李元华唱的"满眼风光北固楼""零落成泥碾作尘,只有香如故"……常常听得如醉如痴。

　　中华诗词就是应该由歌唱家们演唱才更感染人。

　　自古以来,诗人与歌手、歌唱家们一直有交往。高适王昌龄王之涣在旗亭听女歌手们唱他们的诗,白居易在旅途中听僧侣歌女村民吟唱他的诗,柳永的词只要在有井水处

杨逸明图

就可听到传唱……

唐代诗人杜甫经过战乱后,在湖南遇到了歌唱家李龟年,感慨万分,即席赋诗一首:"岐王宅里寻常见,崔九堂前几度闻。正是江南好风景,落花时节又逢君。"李龟年是唐玄宗时代著名的音乐家,他擅长唱歌,又会演奏咸篥、羯鼓、琵琶等多种乐器。据说王维的那首有名的红豆诗:"红豆生南国,春来发几枝?愿君多采撷,此物最相思。"也是送给他的,因为这首诗原来的题目就是《江上赠李龟年》。

高适有一首诗《别董大》:"千里黄云白日曛,北风吹雁雪纷纷。莫愁前路无知己,天下谁人不识君?"诗是送别当时的音乐家董庭兰的,董在兄弟中排行第一,故称"董大"。搞音乐的人名气很大,所以高适说:"天下谁人不识君"!

　　看来诗人与音乐家、歌唱家很有缘分。

　　我看过潘幽燕的演出,听过她演唱的邓丽君歌曲,特别是欣赏过她演唱的古典诗词歌曲。她曾在日本影响最大的NHK电视台举行纪念邓丽君的专场演唱会上,邓丽君生前日本友人舟木稔指定潘幽燕穿着一件邓丽君生前演出服上台,成为当晚最大的殊荣……

　　潘幽燕的歌声很甜美,确实有邓丽君的韵味。

　　尼采说:"感情可以通过音乐尽情发泄。"我觉得,感情通过诗也能发泄,但是未必都如音乐一样能尽情。

　　写一首诗只有短短几句,谱成曲,可以一唱三叹,委婉曲折,绵远悠长……"劝君更尽一杯酒,西出阳关无故人。"就是一首小诗,谱成了曲,可以唱成"阳关三叠"。

　　诗人怎么离得开作曲家,怎么离得开歌唱家?

　　我只写旧体诗词,潘幽燕不仅仅歌唱古典诗词,还唱着很多优美动人的歌曲。

　　在上海金海岸大舞台欣赏潘幽燕演唱。我写了一首诗:

　　音符成串似花开,流水行云绕舞台。

　　一角申城金海岸,幽幽百啭燕归来。

　　在龙华寺遇见歌唱家,是偶然;诗人喜欢歌唱家的歌声,是必然。

　　读了《幽兰燕歌：一个抒情女高音的星路物语》这本书，更加了解潘幽燕的成长经历，于是写了以上的短文。我会更加关注潘幽燕的歌唱生涯。

　　盼望潘幽燕唱更多的好歌，唱更多的中国古典诗词歌曲。她名气一定会越来越大。终于在不久后，我也要写一首诗送给她，说出与高适一样的意思："天下谁人不识君"！

　　是为序。

2018 年 9 月 1 日于海上阅剑楼

　　（本文作者曾是第二届、第三届中华诗词学会副会长，现为中华诗词学会顾问、中国作家协会会员、全球汉诗总会副会长、上海诗词学会副会长。）

序二:音乐与诗歌的结合

金　中

欣闻《幽兰燕歌》一书将要出版,深表祝贺。借此机会,谨将我同幽燕女士十多年来的交流做一回顾。在提倡多学科交叉融合的新时代,作此总结对于传统诗词、现代歌词与音乐之间的结合课题也许多少会有些启示。

我同幽燕相识于 2007 年 3 月由东京都日中友好协会主办的"日中友好阳春音乐会"上。当时我已结束日本留学,开始在西安交通大学日语系任教,作为唐诗朗诵节目的表演者从西安回到了东京。幽燕作为女高音歌唱家参加这场演出。大约在我留学时的 2005 年,有一次曾在电视上看过幽燕的演唱,想不到自己竟能有机会和她同台演出。我的朗诵表演结束后,站在舞台旁侧仔细聆听了幽燕演唱的

四首歌曲：中文的《独上西楼》《青藏高原》和日文的《落叶松》《千の風になって(化作千风)》。

演出结束后的宴会上，我向幽燕赠送了我的诗词集。后来收到她的电话，说她当晚一直看到深夜。我们不久在新宿作了第一次详谈，说到以后将她的歌唱与我的诗歌结合起来的设想。幽燕以往在其歌曲专辑中，自己将日文歌词译成中文作了歌唱，以后这类与歌词相关的文字工作交给我做较为合适。

当时我的诗歌创作还基本限于以汉语文言表达的传统诗词。经此一提，对于以现代汉语表达的歌词创作也想作一尝试。

当年秋天我再度访问日本时，幽燕让我听了新近制作出的日文歌曲《丝绸之路》的小样。该曲由作曲家金田一郎先生谱曲，歌词内容是日本现代流行歌中常见的爱情题材，穿插着几个新疆的地名。我在日本留学期间不知不觉崇拜起大唐高僧玄奘。当这首歌那富于动感的前奏响起，在沙漠中跋涉的玄奘形象立即浮现在眼前，当时就有心口发热的感觉。我幸遇了一首多么令人激动的歌曲！

回国后，我阅读了丝绸之路的相关书籍、资料，为加深印象自己还手绘了丝绸之路的地图。经过酝酿，在2008年1月构思出与该曲音乐旋律相配合的中文版《丝绸之路》歌词。我在词中塑造了一位青年，他对丝绸之路心怀向往，想亲眼目睹西域的优美风光，从家乡长安出发踏上征程。在烈日下，楼兰古国已化为陈迹。这位青年途中遭遇沙暴，是张骞的激情和玄奘的赤诚激励着他勇往直前，他的心一直飞到遥远的地中海和罗马城……我认为自己写出了丝绸之路的精神，讴歌了在我的诗词作品中一贯表达的"强力意志"。这是我初期的歌曲填词，对于这种富于挑战性的创作有了信心。时至今日，自己每听到这首《丝绸之路》，心中都有激昂澎湃之感。

在后来的几年里，我陆续用幽燕歌曲专辑中的《With Others》的旋律填写了《世界美丽》，《悠久の月（悠久之月）》的旋律填写了《故乡的明月》（顺便一提，我认为《悠久之月》是幽燕所有日文歌曲专辑中最为动听的一首）；为电视剧、电影的日文主题曲填写了中文版歌词《Oh My Soul》和《希望》；作为广告歌词填写了《我们的地球》；另外，用自己喜欢的一首日本上世纪七十年代的流行歌曲《さらば涙と言おう（说"再见吧眼泪"）》填写了一组中文歌词《迎宾曲》和《送宾曲》，其婉转的旋律颇有邓丽君歌曲的风格；依照作曲家田尾将实先生专为幽燕提供的纯音乐旋律，填写了中文歌词《切·格瓦拉挽歌》和《李后主心声》。

我的歌词创作，可以说始于对日文歌曲的填词行为，属于"先曲后词"。在隋唐时期，对于外来的"燕乐"所填的"曲子词",逐渐发展为我们所熟悉的"词"之体裁,其实就是类似的过程。在填词过程中,我逐渐找到一些歌词创作的感觉,后来才开始了自己直接写歌词,再由音乐人士谱曲的"先词后曲"型创作。

2018 年 2 月,幽燕发给我由日本音乐制作人 GOD 先生以往作词并谱曲的《永遠の眠りに(永眠)》之作,这也是一首爱情题材的流行歌作品,二十多年前曾打算请邓丽君演唱。我从旋律中产生灵感,以自己的世界观,将其全新演绎为表现玄奘求法旅途中的艰辛与内心信仰的中文版歌词《玄奘西行》。这首歌曲与早先的《丝绸之路》一道,充分抒发了我心中对玄奘的敬仰之情。

文学创作的契机非常重要。正是幽燕给我的音乐旋律,为我带来了构思的灵感以及歌词段落的基本框架结构,从而产生了自己较为满意的诗歌作品。

以对日文歌曲的填词为契机,我的创作从诗词扩展到了歌词。通过亲身实践感受到,诗词与歌词虽然文体不同,在创作中实有很大的相通之处。就具体的文字技巧而言,诗词讲究的字数规定可应用在由音乐旋律所规定的歌词字数上,应用诗词的押韵可以使歌词朗朗上口,诗词讲究的平仄、声调在填词中则表现为注意词语的声调走向与音乐旋律的高低走向相一致,避免"倒字"出现;就整体的抒情表意而言,诗词与歌词更是接近。我切身认识到诗词创作的基本功训练，可以为歌词创作提供有用的基础。

歌词也是现代诗的一种形式。有些思想陈旧的人认为现代诗要"绝对的新"，诗词要"古雅"，现代诗与诗词只能"分道扬镳而不是合流共济"。对于这种狭隘、固化的文学观，最有力的回应，莫过于拿出能够融合传统诗词与现代诗的作品。我的《李后主心声》似可作为这方面的例证。

歌词创作和诗词、现代诗的创作又有所不同：我们通常所说的"作诗"，把文字创作出来后，一首作品就算诞生了；而歌词创作出来后，需要有旋律的配合，制作伴奏音乐，请人歌唱并录音。只有完成这一系列的过程，歌曲成品才算完成，歌词真正地被赋予生命。所以，歌词创作的实际完成远比一般的作诗繁琐，需要具备多方面条件。

我创作的歌词，截止目前主要也是通过幽燕得到实际歌唱。借助她优美的嗓音，我书写的文字才第一次化为乐音。也是通过与幽燕的合作，我同与自己的学术环境似乎遥不可及的日本流行乐界也有了接触，打开了一个新天地。

在和幽燕的交谈中，我们多次提到日本的经典抒情歌曲。这些主要是明治、大正时期的学堂乐歌、童谣等，文字精炼，旋律优美，具有高雅的品味，传唱至今已有一百多年历史，是日本文化精华的代表之一。

例如,《故乡》之曲曾作为 1998 年长野冬奥会闭幕式的主题曲,几乎可以说是日本名片的象征;《毕业歌》长期用于日本中、小学毕业典礼上的合唱,歌词中化用了中国《论语》《孝经》中的语句及"映雪囊萤"的典故。《旅愁》尤为值得一提,原为由奥德韦作曲的美国歌曲,明治时期传入日本,词作家犬童球溪按其旋律填写了日文歌词《旅愁》。李叔同先生留日期间接触到该曲,回国后填写了著名的中文歌词《送别》。《送别》并非直接来自美国歌曲,而是经由日本的《旅愁》才得以产生。

我在留学时对这些抒情歌曲非常钟爱。幽燕在日本的音乐活动中也经常演唱这些歌曲,她的深情柔美的歌唱风格与之十分契合,日本音乐界人士评价她唱这些歌曲比日本人还要好。说起这些抒情歌曲,我们均有着如数家珍之感,很自然达成共识:由我将其歌曲翻译成中文,幽燕来歌唱,作为一项文化事业,把日本的这种经典歌曲介绍给中国。

确切地说,这种翻译称为"歌曲译配"。一般的歌词翻译,如电视音乐节目中滚动的外文歌曲字幕,仅只传达歌词的文字大意,无须考虑音乐旋律方面的要素。前文所说的歌曲填词,无须和外文歌曲的原文内容保持一致,只要在歌曲的旋律框架内能够自然歌唱即可,内容如何任填词者海阔天空地构思。"歌曲译配"则是既要译出外文歌词的内容,又要能在原旋律中歌唱,为的是再现外文歌曲"原汁原味"的风貌,难度非常大。

我国从上世纪五十年代起就有过日文歌曲的译配,八十年代人民音乐出版社、上海译文出版社也出过一些日文歌曲的译配集,不过得到实际歌唱并流传开来的歌曲很少。新世纪以来,也有在日本从事演唱活动的华人歌手作过部分译配。由于译配是同时涉及翻译、诗歌与音乐三种学科的跨界领域,我认为最理想的方式是由翻译者、译词者与音乐人士展开团队合作,充分发挥各自的专业能力,以便提供精品。

近年来我陆续译配了一些日文歌曲,初稿偏重于对歌词原意的直译以及追求文采。幽燕出于作为歌唱家的职业敏感,指出译文中的某些字词不适合歌唱,并提出相应的调整意见。根据这些反馈,我对译文作了修改。经过反复的磋商和试唱才终于定稿。

我撰写学术论文,提出的译配方式是让中文歌词的音数与结构与日语原文保持一致的"分割对应法",便于操作以及精确传达原曲风貌。2014年我的研究课题"日本抒情歌曲译配研究"获得陕西省教育厅"陕西高校人文英才计划"项目的资助,译配研究得以正式推进。

2016年初,幽燕联系日本的音乐公司,制作了我们选定的18首日本经典抒情歌曲的伴奏音乐,并在日本录制了她的日文歌唱。2017年我到上海,和幽燕一道拜访了我国外文歌曲译配领域的老前辈、《莫斯科郊外的晚上》等苏俄歌曲的译配者薛范先生。幽燕当年9月来西安,出机场后直接赶赴录音棚,经过四天紧张的工作,完成了这些歌曲中文歌词的歌唱录音。通过全程参与我才了解到,歌曲录音是个远比预期要费时的工作。

目前,我在撰写用于解说这些歌曲的专著《早春赋——日本抒情歌曲译配》。预计在不久的将来,幽燕所唱的中日文版歌曲CD和该著一道,能够奉献给我国音乐爱好者。

在幽燕的协助下,我得以把自己长期从事的日本诗歌翻译研究向音乐领域作了拓展。很高兴自己一直感兴趣的这些日本抒情歌曲,不再停留在唱唱卡拉OK的程度,能够与我的日本文学专业和诗词创作结合在一起,发展成为自己新的学术研究方向之一。

通过以上赘述想强调的是:我的歌词创作与歌曲译配的文学事业,正是通过和幽燕女士的交流及其大力协助才得以开始。她的嘱托给我带来很大动力,她的演唱给我的歌词文字赋予了生命。这一内心感想长期以来还从未给她讲过,借此机会第一次对此表示自己由衷的谢意。

幽燕富于中日两国的音乐熏陶,在日本的音乐最高学府、东京艺术大学接受了系统的美声演唱专业训练。步入日本流行乐坛后长期演出,使其具有丰富的舞台表演经验,驾驭不同语言、多种风格歌曲的能力。

2007 年 11 月，我在东京秋叶原的音乐厅里听了幽燕的演出。当时她身着一身绿色连衣裙，接连演唱了数首东西方的艺术歌曲。我将其中的日本名曲《落叶松》的歌词翻译如下：

在落叶松的秋雨中
我的手　被润湿

在落叶松的夜雨中
我的心　被润湿

在落叶松的太阳雨中
我的回忆　被润湿

在落叶松小鸟的雨中
我干涸的眼睛　被润湿

我为幽燕深情的歌唱所陶醉，用现代新韵作了以下绝句：

听幽燕唱《落叶松》一曲有感

出水芙蓉荷叶姿，朱唇缭绕动情辞。

我心亦若松林渴，被你歌声打润湿。

　　除了对其歌唱的欣赏，基于在日本的生活经历，我对幽燕的拼搏奋斗在精神上深感共鸣。我了解到她初到日本求学阶段的艰辛，她对歌唱事业的深情和专注，有时一整天练习到废寝忘食的程度。

　　邓丽君也是我们之间交流的共通要素。我受家人影响，从小就爱听邓丽君的歌曲。说起来，我们两人全家都是强烈的邓丽君歌迷。

　　幽燕能够惟妙惟肖地模仿邓丽君的歌声，在日本的电视节目中身穿邓丽君当年的旗袍作了演唱，这些被很多人津津乐道。可能大家还不知道：幽燕和邓丽君之间竟然还有亲缘关系！这里就此作一详细说明。

　　幽燕的外祖父郭麟阁为三兄弟中的老小，其二哥郭麟复为飞行员，解放前随蒋介石到了台湾。郭麟复的二女儿郭玉植有一儿一女，大女儿咪咪的丈夫是台湾著名作曲家、歌曲《感恩的心》的谱曲者陈志远先生。幽燕的母亲郭秀芳和郭玉植以姐妹相称，陈志远是幽燕的表姐夫。

　　郭麟复的夫人，和邓丽君的父亲邓枢为河北省邯郸市大名府邓台村的远亲，称邓枢为哥。因此，幽燕和邓丽君属于同祖籍的远亲，根据辈分，邓丽君相当于幽燕之姨，幽燕是邓丽君的远房外甥女。

邓丽君英年早逝，给世界上无数的邓丽君歌迷留下深深的遗憾。我和幽燕的合作，感觉自己仿佛在以某种方式同邓丽君进行着交流。

我叮嘱幽燕以邓丽君式的流行歌曲唱法，对前述那些日本抒情歌曲的中文译配进行歌唱，而不像其中有些歌曲那样在日本多用美声唱法，以便让华人听众甚至产生是邓丽君在演唱这些歌曲的感觉。

最后我想再提一下幽燕的为人：她并不像我们容易想象的摆起明星的架子，而是非常随和。她是我遇到过非常少有的单纯之人，作为艺术家的纯粹，重庆人的泼辣，以及长期在日本生活养成的彬彬有礼，三位一体地融于一身。

幽燕在日本的根基深厚，一到日本便受到歌迷非常高的礼遇。而她回国内工作不久，虽然也从事了不少音乐活动，可能还不一定为很多人所知。

这部《幽兰燕歌》详细记录了幽燕从国内成长到赴日求学、步入歌坛以及归国任教的经历，收录有大量珍贵的照片，无疑是了解幽燕其人最为丰富的资料。对于幽燕的歌迷来说可谓至宝。感谢作家史鹤幸先生在采访、撰稿过程中的巨大付出，使本书得以问世。

衷心希望本书能够广为流传，让更多的国人了解到，在当代有幽燕这样一位歌唱家,长年穿梭在中日两国作着深情的歌唱。

2018 年 10 月于西安交大青教公寓

（本文作者为词作家,西安交通大学外国语学院教授、博士生导师,日本东京外国语大学文学博士。主要从事中国诗词创作及日本诗歌翻译,出版专著《诗词创作原理》《现代诗词评论》《日本诗歌翻译论》《金中博士留日诗词集》。）

目　次

前言:"我的生命里只有歌声"

　　一个浅浅的笑意、细细的语音与"剧情"无关,却如此地遣人心怀。尤其,那一曲弘一法师的《送别》画面感十足且颇多古意而声声拨动听众的心弦,"长亭外,古道边,芳草碧连天/晚风拂柳笛声残,夕阳山外山/天之涯,地之角,知交半零落/人生难得是欢聚,唯有别离多　长亭外,古道边,芳草碧连天/问君此去几时还,来时莫徘徊/天之涯,地之角,知交半零落/一壶浊酒尽余欢,今宵别梦寒……"她的歌声如此走心、入戏,唱出人们的精神,令闻者屏声静气——她就是本文主人公潘幽燕,一个人文歌手。

　　父亲湖北母亲河北的她,由于生活迁徙,重庆成为潘幽燕一个生于兹、长于兹的地方。缘于一次偶然,母亲惊叹自己女儿几乎会唱所有邓丽君的歌曲,而且唱得惟妙惟肖。读高二时,音乐老师王雅梅慧眼独俱地选拔她进入刚成立

的学校音乐兴趣小组,从而开启了潘幽燕最初的声乐启蒙,令其天赋渐显。

随即,1986 年潘幽燕不负众望地考取西南师范大学音乐系,成功地举办毕业个人独唱会。1991 年在重庆青年歌手大赛中获一等奖,1992 年进日本宇都宫大学学习语言,1996 年潘幽燕竟好运连连地考入日本最高音乐学府、东京艺术大学音乐研究科硕士班,1999 年取得音乐硕士学位,2003 年被日本 TEICHIKU 唱片公司相中签约,正式踏入日本歌坛;后被日本影响最大的 NHK 电视台举行纪念邓丽君的专场演唱会上,邓丽君生前最信任似父亲般的舟木稔先生指定潘幽燕穿着一件邓丽君生前演出服上台,成为当晚最大的殊荣……

可以说,音乐之家出身的潘幽燕,成功地出道于日本歌坛,可谓风生水起。诸如,在日本亚州留学生歌唱比赛中获得第一名,获日本国际文化交流事业财团最佳歌手称号,被日本电视中心与读卖新闻中心联合聘为中国歌曲讲师被授予"日本音乐家"称号,中国驻日本大使馆官员撰文贺喜："她的歌声深深打动了在场不同肤色的听众,更深深打动了我们大使馆的官员,我们在场的每一位中国人也因为这一殊荣而激动……"《恋人们的神话》《空港》《何日君再来》就是潘幽燕获奖的演唱歌曲。期间,潘幽燕还出版发行了个人专辑CD《折鹤》《再见横滨》《大陆的风》等十多张个人专辑,在日本第一个获得外籍人士新进音乐家赞誉。

尤其,"燕子风"不仅席卷日本,也刮到了台湾,这便有了邓丽君的"御用词人"、台湾著名词作家庄奴和曲作家李鹏远为其量身定制的声乐作品《燕子呢喃》。"慈祥的白发双亲,熟悉的南北温泉,为什么距离遥不可及,总是在梦里……"歌中唱出潘幽燕的心曲。"我是山城妹子,出国后回家乡的时间太少,在国外学习这么多年,希望能多为父老乡亲唱歌。"那是潘幽燕的一个夙愿。

驰骋歌坛的潘幽燕,为了解和寻求意大利歌剧的真谛,她把奖学金、演出费节省下来,自费到意大利、法国、德国拜师学艺—那是她的一个舞台梦。东京艺大也为她提供本校歌剧科全额奖学金。

成功踏入日本歌坛的潘幽燕,为了反哺社会。2006 年

2016年8月在维也纳

她应邀从日本赶回重庆参加垫江牡丹节,并腾出时间,前往重庆市第一福利院,为老人和孩子们举办慈善演唱会;2008年汶川地震后,她参加国际支援灾区的义演,不仅将演出收入捐献给灾区,还为灾区募捐而为誉"爱心天使"。2010年潘幽燕荣获香港"第一届邓丽君歌曲比赛"冠军,以及她的《花非花》《渔光曲》《小城故事多》《青藏高原》《我爱你中国》等华语歌曲时,令海外华人掌声久久难以平静。

更在甚者,2016年维也纳金色大厅的第四届国际艺术节中国大型歌舞《梁祝》节目被评为金奖,领衔表演的就是中国女高音歌唱家潘幽燕,缘此获得了奥地利雪绒花歌唱奖……成就作为专业歌手潘幽燕演唱生涯的一处又一处高峰。

然而,2011年3月11日的一场改变潘幽燕命运的关东大地震,令她在海外稍有起色的歌唱事业竟嘎然而止"回归原点"……2012年底潘幽燕回国,歌唱事业依然是她的安身立命,从而开启她新的艺术生命征程。任教上海师大音乐学院,将培养有志于声乐的大学生及提高全民族音乐素养为己任;在学术研究也取得了丰硕成果,在中外声乐技巧比较、抒情歌曲的演绎、邓丽君演唱技巧等方面都有独到见解。"那就是用声带情,用心唱歌,将感情的起伏全部融入到歌声里,技巧不要刻意与卖弄而驾轻就熟,才能歌声无敌"。

有人说,欣赏潘幽燕的歌声,那声线、旋律之美,俨然一幅古典书法的线条,或飘逸、或腾挪,或高亢、或低廻……无不"以情带声、以声融情"。有人说,动人、感人的歌唱形式都讲究一个"情"字,把不是歌词的内容唱进歌里,才是高手。她说,唯有艺术不可辜负。那就是歌手对歌曲的理解去演绎,融入自己的感情。因为唱歌,除了天生的歌喉,后天的技术,更重要的还有文化意蕴,那是学不来的悟性而是对生活历练的回望——歌手既要对歌词的提炼,又是唱出自己的性情,这才是个性化歌手的独特魅力。艺术最后拼的是文化、是思想。潘幽燕如是说。

潘幽燕认为,只有根据自己对把作品的把握,加以丰富的联想与想象而有机地统一起来,才能形成一个不可分割的整体。若能准确表达感情只是给观众交代了作品的内

在上海杨浦大剧院

容,并不能让观众产生共鸣,只有将自己的真感情融入到作品之中才能使观众感觉到演唱者与作品是一体的,演唱者要表现的就是作品要表现的意境与意韵——"唱将"潘幽燕,为誉"人文歌手"就是这一道理,往往"转轴拨弦三两声,未成曲调先有情"——仿佛舞台为她而设,令人走近她的音乐世界,循入她的"人生四季"。

如果说,传记就是一帧"散点透视"的中国画,人物凸显;那么,本书就是运用"线条与晕染、写意与写实"并举的绘画创作手法,描摹与勾勒主人公的精神世界,幽梦燕呓犹闻。这里,并不只是主人公漫漫星路中的一段"幽兰燕歌",一些花絮或桥段;而是她用"歌声演绎生命"的一个锲而不舍的励志篇——完成她从"小清新"的歌唱爱好成功转向"职业"歌唱的艺术生命嬗变。

世界各国女人外貌长相不一,中国女人也许不是最美的。但是她们骨子里独特的东方气质,没有任何国家可以逾越——潘幽燕是也。

因为,歌声"除却音乐意义,它是具有人文精神和追求的载体"。

"云鹤轩"戊戌四月

第一季
她自山城来

小城故事多

充满喜和乐

若是你到小城来

收获特别多

看似一幅画

听像一首歌

人生境界真善美这

里已包括

谈的谈说的说

小城故事真不错

请你的朋友一起来

1　山城之恋

抒情女高音、职业唱将、三种唱法"通吃"的人文歌手潘幽燕,一个上海媳妇。居住地上海市陕西南路222弄,一处比邻淮海中路的由20世纪30年代而建的新式里弄,堪称一个黄金地段。

这里见证了上海时代变幻、社会风云的纵横开阖、人文科学的碰撞与融洽,成为近现代上海文明、进步、发展的一个"载体"。新式里弄,是对旧式里弄的"石库门"而言。那是"五口通商"后的上海为适应当时中上层阶层的居住需求,而由旧式石库门住宅脱胎而来,并用铸铁栅栏门代替了"石库门",为了良好的日照与通风,围墙也改用低矮的栅栏代替,建筑空间形态也从"封闭"转向"开放",建筑用材与风格趋于西洋装饰为主。那是体现上海"西风东渐"的一个写照,成为上海一座海纳百川的城市发轫。

可以说,石库门建筑同步上海近一个半世纪翻天覆地的变迁,原来传统的封闭天井变成了通透的小花园而多了几分生活的温馨与亲和,彰显出近现代城市新生中产阶级的生活状态和文化品位。从人文方面上讲,脱胎于上海后期的石库

参加上海城市交响管乐团演出

门里弄而渐进成为华洋杂居"鼻祖"的海派建筑的新式里弄，它不仅仅只是一种建筑风格；而是一个文化概念、一种城市记忆的文化符号，凸显上海这座城市的独特气质所在。

正如有一位作家这样写到，"在我这样的外地人眼中，上海是中国城市历史中，最具沧桑美感的一册旧书，蕴藏着万千风云和无限心事。这里的每一处老弄堂，都是一句可以不停注释的名言，注脚层叠，于我来讲是陌生的。"

沪语"弄堂"一词，就是出自这种"东西混搭"的建筑物。所谓"穿弄堂"，也是渊源于此，继而积淀成上海独一无二的里弄文化、城市气息，相当的"接地气"。如今上海的里、邨、坊，渐进成为近现代上海城市，一个抹不去的文化记忆、人文"底色"。有人说，"没有弄堂，就没有上海，更没有上海人。弄堂，构成了近代上海城市最重要的建筑特色；弄堂构

在美国友人家

成了千万普通上海人最常见的生活空间；弄堂，构成了近代
上海地方文化的最重要的组成部分。"

年华流逝，多少有趣故事、温暖记忆，从曲曲折折、烟笼
雾绕的弄堂里缓缓流淌出来。弄堂承载着上海人的梦想与
荣耀，代表上海人特有的生活方式和文化心态。它是上海特
有的民居形式，与无数普通市民日常生活紧紧维系在一起。

如果说，风花雪月的建筑风格或巴洛克、或哥特式，无
不是一部"凝固的音乐"；那么，令"灵魂共鸣"的东西方音
乐，就是一处处无形的"流动建筑"而馨香久远。因为，"当
歌曲和传说已经缄默，它依旧还在诉说。"哈佛大学李欧梵
教授在题为《重绘上海文化地图》的演讲中说过，大部分上
海人都居住在弄堂里，而不是什么时尚豪宅。里弄的世界
支撑着他们的都市文化。"这需要修养与品位，而这正是上

父与女

与女儿在一起

海让其他城市难以望其项背之处。"

话说 20 世纪 90 年代,青春期的潘幽燕从重庆而来到日本打工,有缘地在一家帽子作坊里,竟邂逅她的"真命天子"钱钢,那是命中注定。继而他们从相识到相恋,数年后最终走上婚姻殿堂——1998 年,两人正式登记结婚——他们联袂从日本回国飞往重庆、上海完婚,水到渠成地完成了她的终身大事。佛说,跪求 500 年可以等到你爱的人。潘幽燕却用了 600 年,还有一百年人们称它为"百年好合。"这就中国式婚姻的真谛。

钱钢认真地说,"我第一眼看到潘幽燕就有了好感,一个充满了活力的大学生,就是一种沦陷的感觉。"或许那是来自爱河的一场邂逅,或许那是一支来自"丘比特"的箭。

谢廷峰的歌《第一眼》是这样唱的。

谁都知　谁可以

能在出生以后怀着我相依

但你　熟悉的名和字

陌生的没法讲

有多在意

无论命运是否更改

两眼最初张开

看见你飘忽的身型

我已期求能被爱

面貌就算不再

前尘或给火海掩盖

但我都知　这是爱

谁不知　头一次

曾陌生的两字能被我启齿

但怕　越亲厚名和字

越疏得没法讲

有多再意

　　有首小诗这样写得更是简洁,"在爱情的世界里,我一无所有,也一无所知,在情感的小站里,我愿你是第一位来客,也是永远的主人,伴着我宠着我,一生一世。"那是潘幽燕的夙愿。因为,我的生命因你而精彩。"独自走了这么多年,也没觉得什么,直到遇上你。你愿意陪我把剩下的路走完么。"
　　"如果我能不跑调,就能准确地唱出我的心跳;如果我能不跑调,就能唱歌带你到处遨游。你是我的歌,可愿听我这不着调的曲。"——那是他们俩的一段心曲,一个真心告白。邓丽君的那首歌《我和你》,更是形象化地唱出潘幽燕此时此刻的心声。

我衷心地谢谢你

让我忘却烦恼和忧郁

燕归来在日本参赛时的情景。

如果没有你

给我鼓励和勇气

我的生命将会失去意义

我们在春风里陶醉飘逸

仲夏夜里绵绵细语

聆听那秋虫

它轻轻在呢喃

迎雪花飘满地

我的平凡岁月里

有了一个你

显得充满活力。

是年,重庆《重庆晨报》的一记者以《燕归来——记重庆

叶语（中）

重庆市第一届政协委员会	委　　员
中国音乐家协会重庆分会	名誉主席
中国民族管弦乐学会	名誉理事
重庆市文联	顾　　问
重庆市名人协会	常务理事
重庆市三峡联合大学	教　　授
解放军重庆通信学院	荣誉教授
重庆市艺术专业高级职称	评　　委
重庆市知识分子联谊会	顾　　问
重庆市精神文明服务协会	副会长

住宅：重庆市八一路重庆歌剧院6-5-2室
电话：(023)63825320　　邮编：400010

籍歌唱演唱会潘幽燕》一文,热情撰文披露潘幽燕与钱钢在渝喜结秦晋之好的消息。

报道说,他们的婚礼在渝都大酒楼举行,婚礼延请重庆的一婚庆公司全权代理,热闹喜庆而不铺张。宴席上,潘幽燕荣幸地邀请已逾七十有七的耄耋老人叶语,出席婚庆大典并作为老一代老音乐人代表与会客人致辞。

潘幽燕情结颇深地介绍叶语,他是西方交响乐在中国的成长和成形的一个全程见证者。潘幽燕的父亲补充介绍说,叶语堪称中国交响乐奠基人、重庆音乐家协会名誉主席,是重庆市音乐界的一个重量级人物。人们"提起中国交响乐的发展史,不能不提到陪都重庆,不能不提到陪都三大乐团,"这里所说的"三大乐团",就是抗战时名噪一时的中华交响乐团、国立音乐院实验管弦乐团、国立实验剧院管弦乐团。作为当时中国实验歌剧团的演员,叶语对三大乐团在重庆生根繁衍、乃至最后淡出历史的全过程依然记忆犹新。

喜宴上,慧眼独具的叶语在他们婚庆上热情致辞。他由衷地说道,我与潘幽燕是"忘年交",她还是大学生时,我就很赏识她的天资与勤奋。她出国留学前,我曾书"为国争光"相赠。这里,我荣兴地代表在座的各位来宾,热烈祝贺正在日本攻读声硕士学位的重庆姑娘潘幽燕与已在日本获得建筑学博士学位的上海青年钱钢,修成正果,正式结婚。

众所周知,音乐被称"流动的建筑",而建筑被称"凝固的音乐"。希望这对新人的结合,能使这两个密切关系的专业发挥得更加淋漓尽致。因为,文艺复兴时期的建筑师确信和音是确定宇宙和谐的音觉体现,含有对建筑的约束力。毕达哥拉斯学派更是云,那些与以某种方式愉悦我们的耳朵的声音,也恰好同样愉悦我们的头脑。

第二天,潘幽燕伉俪俩便"连环转"地飞往上海,继续完成他们的婚姻之旅,大学同窗边绍勇同学证婚人。由此,潘幽燕成就了一个从好唱歌的"川妹子"正式向举案齐眉的"上海媳妇"角色转型。古人云,男有家、女有归。上海便是潘幽燕托付一生的归宿。鲁迅说,我去过的地方,都是我的故乡。上海也就成了潘幽燕的第二故乡。

潘幽燕曾笑言自己,别人的"洞烛花月夜"之时,她却是在医院里渡过的。因为,她的心里只有歌声而太累了……当晚,她是被她夫君背着她去医院打滴。因为,潘幽燕太玩命了。潘幽燕父亲心疼地举例说,那年去日本看望女儿,中午为她准备的午餐,因为忙于事务的她竟全部又带了回家。她的胃病就是在日本落下的,作息没规律,常常饿着肚子……晚上回家才想起自己的午饭还没吃。这是常事。

与潘幽燕有"忘年交"之称的叶语,还在潘幽燕刚刚"出道"的 2000 年,老人家在重庆的《渝州艺谭》上不吝褒

奖地热情撰文《燕子呢喃穿云破雾——记声乐硕士潘幽燕》，文中不惜笔墨地赞誉潘幽燕的歌唱才华，时间跨度涵盖潘幽燕近年来的成长历程。一种爱才、惜才之情历历在目。

文中写到潘幽燕在日本获得声乐硕士学位之际回乡省亲，受邀中国音协重庆分会参加"2000 年春节联欢会"，潘幽燕以一曲《我爱你中国》"我爱你青松气质，我爱你红梅品格。"点赞其"以透明的音质、甜润的音色、饱满的热情、磅礴的气概"而声动舞台。文中还介绍了潘幽燕在接受电视台的采访时，回忆她自己走过的星路历程……

就是潘幽燕与钱钢完婚后的第二年，他们有了一个娴静、乖巧的公主钱信怡。2017 年他们的女儿如愿以偿地考入上海应用技术大学上海泰尔弗商学院，学校位于徐汇校

童年照 女儿钱信怡

区南校区内,离家也很近。潘幽燕本想送女儿去国外读书,而上海的阿娘阿爷,一听要孙女去国外读书,他们听听就要哭了。

其女儿钱信怡是这样评说她的母亲,说她太专注、太认真,甚至太玩命。似乎她的世界里只有音乐。"同时,我非常非常地敬佩我母亲的这股事业心。因为,我母亲对音乐是一种天老地荒的爱;所以,我为我有这样的母亲而感到骄傲。"

潘幽燕回到上海的数年里,家是几度乔迁。自从2016年住进了上海西南地区的"南方城",一套复式住宅,顶层13与14且各自为政的"复式房"。从此,潘幽燕有了相对的自由空间与安静温馨的生活环境,关键是有了一处免于被打扰的独立空间。潘幽燕可以在这里为自己的学生上小课或自己在家练练声……若要上下楼,外面的楼道或电梯均可,声音不相干扰。

潘幽燕的公公婆婆是土生土长的上海人,退休后与儿子钱钢全家生活在一起。曾是幼儿园园长出身的婆婆,正是带自己孙女的最佳人选。钱钢上面还有个姐姐下有妹妹。潘幽燕说,"钱钢是大孝子当然我全力配合一切以关爱老人为中心让老人们快乐的长寿,颐养天年,尽情享受社会主义的优越性。他们的快乐、健康是做儿女们的福分"。

时空回溯……

1969 年 5 月潘幽燕呱呱坠地。重庆,成为潘幽燕"生于斯、长于斯"的地方,一个"川妹子"。重庆史称巴渝,一座位于中国西南部以丘陵、山地为主的山城,属喀斯特地貌。唐代诗人李商隐的《夜雨寄北》"君问归期未有期,巴山夜雨涨秋池。何当共剪西窗烛,却话巴山夜雨时。"更道出人文巴山渝水的景观,为人联想,成了千年传颂。重庆也有一个地名,或风土或人文而渐渐演绎成了中国历史地理中的有机部分,成了人文史地的一个名称概念。

可以说,一方水土养育一方人的潘幽燕,再加以人生历练数十载。可见,她的血脉里既流淌着重庆人豪爽与担当的基因;同时,她又兼收并蓄地有了她自己的性情与人生观、世界观与价值观的形成。

潘幽燕出生之际,正值于中国史无前例的"文革运动",

一个方兴未艾之时……珍宝岛、样板戏、大字报、红卫兵、造反派、插队落户、现刑反革命、批斗、游行、传单、最新指示、独生子女、中共九大……成为"那些年"的一个个掷地有声的关键词。其中大字报更是一大景观,有的人因为抄写革命大字报而抄出了一代"书法家",也大有人在。

然而,威风凛凛的红卫兵,其实只是大戏开演之前的一个"跑龙套"……纵然,1966年的"八·一八"。毛泽东佩戴红卫兵袖章,在北京城楼首次检阅红卫兵,还是毛泽东写信给清华大学附属中学的红卫兵,表示支持他们起来"造反";但是,他们终究是锣鼓声中举旗跑个圆场而已,接着敲锣打鼓去了边疆"修理地球"。十年之久的文革,可以说是整整影响了几代中国人的生活、家庭的走向与命运。

"样板戏",更是国人一个情结,那是按照当年文艺创作的"三突出"的产物。剧中人没有亲情、男女没有恋情,只有革命热情。

那个年代的什么名称前都习惯加一定语"革命"。革命的群众、革命的干部,完成自我产生的夫妻,也是革命的夫妻;还有革命电影院,有的连杂技演出也称"革命杂技"。就像20世纪50年代一样什么都是人民的,人民公社、人民邮政、人民公园,广场也称"人民广场",甚至钱票,也是"人民币",中国人民银行……它们一并成为时代语言,时代的烙印。

父亲潘兵、母亲郭秀芳

　　中国文化素有"与时俱进"的传统，艺术创作上也是"笔随时代"。无论媒体还是文化作品，它的用语与口吻，包括服饰，无不留有社会的痕迹。往往，"文艺为工农兵服务"，革命样板戏堪称一个极致。

　　《红灯记》里有一段李铁梅的"西皮流水"：

　　　　奶奶，您听我说。我家的表叔数不清，没有大事不登门。虽说是，虽说是亲眷又不相认，可他比亲眷还要亲。爹爹和奶奶齐声唤亲人，这里的奥妙我也能猜出几分。他们和爹爹都一样，都有一颗红亮的心。

　　唱词严谨，抑扬顿挫。人物均是遵循"三结合"的原则塑造，设计完美无缺，台词推敲又推敲，仿佛机制的。剧情严谨的只剩好人、坏人。所谓"三结合"创作方法,即领导出思想,群众出生活,作者出技巧。所谓主题先行的"三突出"原则,就是所有的人物中突出正面人物,在正面人物中突出英雄人物,在英雄人物中突出主要英雄人物。

由此,"文革"中《红灯记》《沙家浜》《智取威虎山》……创造一个全国妇孺"不会唱、也会哼"的"八亿人民八部戏"壮举。童祥苓"打虎上山",更是成为那个年代的时代印记,一场英雄崇拜。当年,舞台上的群众演出活动,原本与政治无关的一种"兴观群怨"的娱乐形式,竟成为了国家政治宣传而多了几份"功利性"。

会场上,高音喇叭里的"咚咚锵、咚咚锵……临行喝妈一碗酒,浑身是胆雄赳赳……"往往成为会场内渲染气氛的最佳方法,若不然,不足以表达会场气氛。

而这些革命音乐,也成为了潘幽燕最初成长的"背景音乐"。唱歌、唱戏成为那些年生活贫困、物质匮乏的一道特殊的"精神大餐",也就如此耳濡目染地熏陶着潘幽燕。

那一场"言必称革命"的文化大革命,直到 1981 年中共十一届六中全会通过《关于建国以来党的若干历史问题的决议》指出,1966 年 5 月至 1976 年 10 月的文化大革命,"是一场由领导者错误发动,被反革命集团利用,给党、国家和各族人民带来严重灾难的内乱。"堪比一幕"戏剧"。

潘幽燕的父亲潘贤群,后称潘兵。一个安于现状、与世

姐妹俩

妹（左）潘宇日本上野

无争的本分人。老家在湖北，工作在重庆。退休后，也随女儿们一起在上海颐养天年，继续他的音乐爱好而不亦乐乎。潘兵曾任邮电部电讯通讯设备研究所的高级工程师、所长；母亲郭秀芳河北籍，是研究所的一个普通员工，音乐体育兼长。潘幽燕是他们的长女，她下面还有一个妹妹潘宇。

当年，他们一家四口人在重庆生活其乐融融。在"文革"那个"歌平升舞"的年代里，音乐成了时代的宠儿。"烟红露绿晓风香，燕舞莺啼春日长。"毛泽东《水调歌头·重上井冈山》，更是响彻云霄，"千里来寻故地，旧貌变新颜。到处莺歌燕舞，更有潺潺流水，高路入云端。"

再说，时誉"文艺青年"的潘幽燕父亲潘兵，早年就对民族乐器着实地入了迷。可以说，他是"管他春夏与秋冬，躲进小屋成一统"地一心只闻操琴声，这就是他的音乐人生。

父母带女儿在日本上野

与其说他是一位电气工程师，不如说他是一个音乐家更合适。前者谋生，养家糊口；后者谋心，闲情逸致。进则服务企业，退而独善其身。这就是潘幽燕的父亲大人，一个除了音乐还是音乐的音乐"票友"，玩得不亦乐乎。

手风琴、二胡、口琴、大鼓等民族乐器，吹拉拨弹，潘幽燕的父亲是信手拈来"琴瑟在御"。大有"低眉信手续续弹，说尽心中无限事。轻拢慢捻抹复挑，初为霓裳后六幺。大弦嘈嘈如急雨，小弦切切如私语。嘈嘈切切错杂弹，大珠小珠落玉盘"之趣。

不喝酒、不打牌的潘兵，唯一爱好就是操琴，参加乐队的演出与活动。今天，生活在松江的潘幽燕父亲，以一个老音乐工作者名义，加入上海市音乐家协会，成了一个专业音乐人士，出现在社区的各类演出场所，几乎天天不辍，老有

童　年

所乐，整天乐呵呵。"问世间，情为何物？直教生死相许。"
情者，爱好是也。他就是潘幽燕父亲潘兵的唯一爱好，没有
第二。

　　潘幽燕说，她父亲竟还倒腾出一间像模像样的音乐工
作室，天天与音乐与乐器作伴，做起了"音乐人"。潘兵喜滋
滋地说，"弄音乐是一件很开心的事，一旦音乐响起我是物
我两忘，很有一种仪式感。那是把梦想融入生活，令生活有
了更多的色彩感，那是人生幸福"。他认为，"人世间最幸福
的事莫过于，当我老了，还有音乐陪伴。"

　　潘幽燕母亲，一个治家有方的"内当家"。只有中专学
历的潘幽燕母亲，勤奋、好学，如愿考入邮电成人高校，学电
脑、学财务不亦乐乎。如今，女儿公司的财务做帐，都是她
亲自打理。

其实,当年潘幽燕母亲是企业内颇有名气的女高音,曾在邮电系统的业余文艺演出中,能把革命现代京剧《红灯记》中的铁梅,像模像样地唱完全场。纵然有孕在身,她母亲还是活跃于企业舞台。潘幽燕说,"我母亲还是厂里的篮球运动员呐。"

潘幽燕的名字,就是她母亲的一个灵感。"大雨落幽燕",那是一个时代的印记。其出处就是毛泽东《浪淘沙·北戴河》词。"大雨落幽燕,白浪滔天,秦皇岛外打鱼船,一片汪洋都不见……"同时,幽燕之地,处于河北北部。唐前称幽州,战国谓燕国,故而幽燕并称。杜甫《恨别》诗,"闻道河阳近乘胜,司徒急为破幽燕。"可见,潘幽燕的名字,可以窥探到她的地缘文脉与时代印记。

她母亲回忆自己的女儿潘幽燕,脸上绽开了花一样。她说"潘幽燕还只有三岁,一家人由武汉回重庆的船上的二三天里,潘幽燕是天天在船上奔来奔去地又是唱、又是跳,扬尘舞蹈,却一点也不知累。"可见,潘幽燕自小就体现出她对表演的天赋。

潘幽燕琴瑟和谐的父母,拥有较高音乐素养,潘幽燕继承他们的艺术基因,并发扬光大推向极致。当年,潘幽燕的父母时时地活跃于社区"你方唱罢我登场"的歌舞活动。而少女时代的潘幽燕,多次客串父母们的演出而博得大家的掌声和赞扬,渐渐地潘幽燕潜移默化地喜爱上既娱乐自己,

童　年

又能喜悦观众的舞台演出。更令她父母高兴的是,他们的这个爱好并成为基因而影响着他们的女儿潘幽燕。

歌唱成了潘幽燕的一个安身立命的职业。"艺术一旦结缘,便私定终身;一旦开始,便是一生。"歌声,或许并不是生活的保障,但一定是精神的寄托、生命的延续——潘幽燕如是说。可以这样形容,潘幽燕嫁给了歌唱事业,以身相许,无怨无悔,为歌而生并不为过。

当初,为女儿能考上艺术类大学的潘兵,可是功不可没,立下汗马功劳。如今,女儿的成长也成了他的最得意的一个"杰作"。

他嘴上只是一个劲地说,"这是她运气好"而如愿以偿地考进艺术类大学,成为中学里的第一位考入音乐系的学生,成为学校的荣誉。每每说及这些成绩,潘幽燕父亲脸上洋溢着欣慰与喜悦，言语中透着得意与满足。

那年，记得有一段时间，潘幽燕母亲工作在重庆乡下，一个叫长寿的地方。潘幽燕短暂地被寄养到那里一户亲戚家里，她天天与亲戚家的一个姐姐一起拣野果、捉鱼虾、爬树、抓鸟……这些"场景"成了潘幽燕羚羊挂角般的一段儿时印象，"巴女骑牛唱竹枝，藕丝菱叶傍江时。不愁日暮还家错，记得芭蕉出槿篱。"

后来，潘幽燕母亲调回重庆，她也回到了重庆市里的幼儿园。然而潘幽燕却非常不喜欢幼儿园的约束，一上幼儿园就吵闹、逃跑。没办法，为了逃避上幼儿园而被父母关在二楼有窗栅的房中。潘幽燕只能天天趴在窗户上望着父母上下班，声声呼唤着爸妈早点回家……样子好可怜的，潘幽燕就是不愿去幼儿园。或许，在她幼小心灵里的潜意识认为，自由比孤独更重要与神圣、更不可侵犯。这就是少年时代的潘幽燕，个性使然。

潘幽燕的父母，也曾把小幽燕送到武汉的爷爷奶奶家，或者河北邯郸大名府……直到她父母的单位分房，那年潘幽燕6岁。那是一套一室一厅，总楼层六楼，她的家一楼。潘幽燕说，院子有个树，跳绳、玩耍，很开心。这里是潘幽燕最初成长的地方，一段永远无法抹去的雪泥鸿爪，清晰却写意。潘幽燕幽幽地说，马家堡的很多痕迹渐渐远去了，都要问问我的母亲了……"风迹烟痕渐去远，再无心事挂心头"。

　　潘幽燕更是情结很深地说，马家堡见证了她的童年时光，走过她最为青涩的那些年代。她在这里上小学到念初中。潘幽燕回忆说，上学路又很近。那就是建于 1957 年，离家里很近的位于大坪支路 42 号的马家堡小学。

　　那时"家门口有一棵树"，这是潘幽燕对旧居的唯一的温馨记忆。邻居家的小猫常冷不丁的来我家做客。现家里也养了二只猫猫，yu ki 和 pang hu"我大学后，家里才初次买房，居住条件改善了许多……"总之，这里渡过了她童年、少年、乃至她的"花样年华"。客观地说，潘幽燕的青春年华，就在这里无忧无虑中渡过的。

　　潘幽燕回忆自己最开心就是，夏天的日子里，父母单位的福利，一箱箱的可乐等饮料拿回家，成为她的最爱。夏天，又称"昊天"，是北半球一年中最热的季节，我国习惯将立夏作为夏天的开始。尤其，那个"绿树阴浓夏日长，楼台倒影入池塘"的盛夏。

　　往年，家里还无冰箱，无法喝上冰镇饮料。她就把可乐瓶浸在冷水里。随后一口一口地慢啜着，"好享受"似的，仿佛沁入心里，快乐像花一样开放，"忒幸福"的感觉。俨然，那是一个夏天里的一场"盛宴"。

　　还有时，潘幽燕到附近一个部队的门店去买白冰砖。那是令她既解馋又解暑。她还回忆说，自己正是在部队的泳池里学会了游泳……这些都是她童年夏天的美好记忆，

——联缀成那个时代的"风景",绚丽而斑斓。

潘幽燕说自己,在这里学会溜旱冰。她说,自己的倒滑也很娴熟,小学的滑冰场,是她好享受的地方……这都是潘幽燕的成长花絮。

上中学了,潘幽燕就读于重庆市田家炳高级中学,位于重庆市九龙坡区谢家湾正街 5 号。前身就是重庆市第 35 中,2000 年更名为重庆市田家炳中学。

今天,重庆田家炳学校的"荣誉栏"上写有,著名书法家屈趁斯,著名作家莫怀戚、黄越勋,国家桥梁专家钟昭贵,经济学家郭元希,著名歌唱家张礼慧,"红遍日本歌坛的潘幽燕"也赫然在目。

当年,能歌善舞的潘幽燕,在小学、中学阶段,都是文艺委员。每当学校组织演出活动,她总是"主角"还兼组织者。还学着自己编舞,极具天分。潘幽燕曾在年级的大合唱担任指挥,组织同学们一起跳舞,带着大家排练,组织大家练功,弯腰、踢腿……尤其,潘幽燕带着同学上台演出的舞蹈《草原英雄小姐妹》《西沙,我可爱的家乡》受到了学校的表扬,被选为学校的文艺积极分子参加了市里组织的夏令营活动,她个人曾获得重庆市声乐一等奖。或许,一个有潜质的歌坛新星正在冉冉升起。

一个"唱将"是如何炼成的,其中有一个漫长的成长过程。天才加勤奋,一个也不能少。通俗地说,成功就是一分

妹妹潘宇

天才加九十九分汗水，这是至理名言。若用爱因斯坦话说，就是"天才就是 1％ 的灵感加上 99％ 的汗水。"潘幽燕就是具备那些元素，是金子总会发光的。

"当别人在努力时，你也在努力，这只叫本分；别人在休息时，你还在努力，这叫勤奋。"这就是潘幽燕。那年，学校招小广播员，班主任老师也是力荐潘幽燕。朗读儿歌、诗词……小广播里经常能听见她富于韵味的嗓音，成了学校的一道"风景"。老师特别称赞潘幽燕不怯场，敢于上台，而且能撑得起场子，舞台似乎为她而设。

潘幽燕有个爱唱京剧的母亲，说她母亲在 27、28 岁的时候因不懂如何保护而唱坏嗓子。她母亲一再地亲切地嘱咐潘幽燕不要长时间又唱又吼，要学会保护自己的嗓子。

1990年在西南大学

　　在潘幽燕上小学的"表演生涯"中，也曾有过很多充满了童贞的"趣事轶闻"。比如，因在一次学校组织的文艺表演时扮演《红岩》中的江姐，英姿飒爽的女英雄角色备受大家的赞赏，她是一路舞之蹈之；却在另一次演话剧时，潘幽燕因角色需要而被化妆成一个老太太模样，看着镜子中自己的化妆，她竟伤心地大哭……躲了起来不肯见人（笑）

　　潘幽燕有个妹妹，与妹夫曾一起留日，拿到学士学位。数年前，妹妹从一家索尼公司请辞而回到上海自己创业。

　　其妹夫钟鸣继续在日本的广告公司"博报堂"效力，创建于1895年，总部位于东京都赤坂，在全球拥有超过3000名员工，戛纳国际广告节上获两次以上大奖的广告公司在亚洲只有博报堂。潘幽燕介绍说，她妹夫"一根筋"而成为博报堂驻中国方面的负责人。

　　2008 年,退休后的潘幽燕父母也来到上海,与她妹妹妹夫住在一起,同时帮小女儿带带小外孙和小外孙女膝下有伴,尽享天伦之乐。

2　声乐启蒙

春秋代序,寒暑易节。

处于"娉娉袅袅十三余,豆蔻梢头二月初"的潘幽燕,来到了"谁在轻吟秋风落叶声,无处可寄"的高中阶段,处于一个"感时花溅泪,恨别鸟惊心"的年龄。

高中年代的潘幽燕,感慨自己的心绪,是那般的"泪眼问花花不语,乱红飞过秋千去。"正处于一个青春期的"花样年华"。

时年,国家经济不活,处于相对闭塞的阶段。学生们只有考大学一条"学好数理化,走遍天下都不怕"之路。"功利性"的办学理念左右着学校与学生,仿佛读大学就是选择好的职业,就业率成了学校的硬指标。

学校也竞相成为一种功利性很强的办学机构,成了"专业培训"、就业的桥梁。似乎中国大学建设的理念过于狭隘与功利。其实,大学的社会担当、人文精神是国家的重中之重,而不是文化要求。

首先,大学教育是一个培养做学问的地方,是承载着国家民族的希望。大学为社会服务不应理解为具体给社会搞

2014年上海师大

了个什么,或理解为培养出了学生就是服务社会并做了贡献。因为,技术的推广应用、研发、人员的培训,都是由企业来完成而不是学校。高校应是一个人文学府,科技前沿,理论高地,前瞻性为导向。

而这时的潘幽燕亦步亦趋于社会,也不能免俗地进入高中"理科班",是她不二的选择。有人回忆,什么是理科班。就是从一早就开始紧张,害怕迟到,哪怕一分钟也要在教室门口站上个十分钟。不过似乎老师对只迟到一分钟的人更加不快。就是进了教室就不该聊天,交完作业就得拿出书来读。就是在上课前开始上课,在下课后还在上课……然而,为什么这么多理科生,其实真正想学理科的有多少。无非就是冲着以后专业好挑一点,就业范围广一点。最后毕业于理工科大学,就业前景广宽,这才是学生的入学目标,学校、社会也是这样影响着学生。

由于,社会上对理科生的一个狭隘的概念。拼"升学率"的高中,学校一般管理很严格,"笨鸟先飞"地规定学生要上早自修、晚自习,不准谈恋爱,各类考试更是学校的"常态化"。那年,理科班的口号就是"含泪播种,含笑收获。"大学的学科设置,也是奔着"就业率"而去,同学间竞争厉害。

而潘幽燕却是一脸"苟富贵,勿相忘"模样,却有一件事情,改变了潘幽燕的人生走向。那是发生在潘幽燕上高二之际,学校新来了一位音乐老师。而正是这位老师的出现,渐进改变了潘幽燕的人生命运,成了她走上音乐生涯的一位引路人。

数年前,成名之后的潘幽燕还在《重庆日报》上刊发寻人启事,寻找她当年的恩师。这位恩师就是她当年的音乐老师王雅梅,毕业于西南大学音乐系,主修扬琴。

潘幽燕回忆说,学生时期的王雅梅就加入了中国共产党。潘幽燕还说,她是一个典型的党员形象,严厉、严肃。很有距离感,有点"冷"。她学的是音乐,却如此不苟言笑。这是王雅梅老师留给她的最初印象,直至今天。

就是这个王雅梅,来到学校做的最大一件事,就是成立音乐兴趣小组,十来个人。一个年级五六个班,青年教师也有参加。正是这样一个音乐小组,似乎可以这样说,王雅梅成为潘幽燕的一个"贵人",点拨了她的声乐之路而茁壮成长,并有了潘幽燕今后的"一个女高音的星路物语"。

当时,学校里的一台风琴,就是潘幽燕练歌的地方;练假声,这是潘幽燕第一次听到唱歌用"假声"。何谓"假声"。比如一句"我爱你,塞北的雪"。反复练、练反复。潘幽燕调侃说,那不是唱,分明是吼,鬼哭狼嚎一般。因为,嗓子需要"打磨"。玉不琢不成器,嗓子也是这个道理。

潘幽燕,却为歌而狂竟一练就上瘾了,最主要是心里喜欢,一种与生俱来的爱。正是王雅梅的点拨,令她有了歌唱梦、舞台梦。令平素爱好唱歌的潘幽燕萌发准备考艺术类院校的欲望,开启了她走上当歌唱家的梦想之路。南朝梁简文帝《当垆曲》,"迎来挟琴易,送别唱歌难。"

潘幽燕自小就想当一位歌唱家,站在舞台上为大家唱歌,同时为自己也为大家带来欢乐的想法,渐渐萌芽且欣欣向荣起来。仿佛舞台上没有她的身影与笑容,以及她优雅的举手投足,再加以她悦耳的嗓音,舞台上将是多么的落寞与乏味,黯然失色。而一旦歌声响起来,舞台顿时生动、灵动起来……大家都沉住气,不敢太重的呼吸,唯恐惊动了这里天籁的歌声——这就是潘幽燕的歌声魅力。

潘幽燕说,学声乐,首先得有着良好的记忆力,背熟歌词才能上台演出;关键还要有先天的美妙歌喉,再融入自己的人生观感,才能够准确地唱出音调;同时,还需要具备的就是勇气和坚持,上台时不能紧张、不能害怕、淡然自定,这

三项都得要具备，才有可能当个能感动人、成功的歌星。

潘幽燕具备了这些条件与天赋，只等机会的眷顾与幸运的光临。潘幽燕，就是一个为歌而生的歌者——此言不虚。

先天就有唱歌天赋的潘幽燕，歌声就是她的生命。尤其，今天这个歌唱家梦想正渐渐地清晰起来，正向她一步步走来，堪称"歌声演绎生命"的一幕正剧，正在渐次地展开。

有首三毛作词的歌《梦田》，齐豫演绎。

　　　　每个人心里一亩　一亩田

　　　　每个人心里一个　一个梦

　　　　一颗呀一颗种子

　　　　是我心里的一亩田

　　　　每个人心里一亩　一亩田

每个人心里一个　一个梦

一颗呀一颗种子

是我心里的一亩田

用它来种什么

用它来种什么

种桃种李种春风

用它来种什么……

用它来种什么

种桃种李种春风

开尽梨花春又来

啊……

用它来种什么

用它来种什么

种桃种李种春风

用它来种什么

用它来种什么

种桃种李种春风

开尽梨花春又来

那是我心里一亩　一亩田

那是我心里一个

不醒的梦

　　"用它来种什么，"那就用来种梦——潘幽燕大声地喊了出来。因为，"唯有被嘲笑的梦想，才有被实践的价值。"潘幽燕是这样说，也是这样身体力行数十年。

　　潘幽燕也知道，所有的歌星成长必定经过了许多的练习，只能磨炼了许久，才能达到成功的彼岸。星途漫漫，唯有坚持者，才能走向成功、走向远方。她也一再地告诫自己，为了实现梦想，自己所做的每一件事都是值得的。

　　潘幽燕认真说的，所谓梦想，就是对未来的一种憧憬、一份期盼，就是可以达到但必须努力才可以达到的小心愿；梦想就是一种让你感到坚持就是幸福的东西，甚至其可以视为一种信仰。

　　五代王定保《唐摭言·怨怒》"虽限山川，常怀梦想。"有梦想，是一种幸福。实现中华民族的伟大复兴，就是中华民族最伟大的梦想。中国梦,凝聚了几代中国人的夙愿,体现了中华民族和中国人民的整体利益,成为每一个中华儿女的共同祈求与盼望。

此时的学校,及时地把家长们找来开会,分清利弊,让有梦者,去追逐梦想。王雅梅在家长会上提出,喜欢音乐的学生,可以考虑考音乐系的艺术类大学,如果定下决心考,从现在起就得着手准备起来。因为,音乐系大学考的是专业课和文化课,而文化课属于文科范畴,所以必须要转入文科班学习。

王雅梅的一席话,犹如"风乍起,吹皱一池春水。"声声拨动潘幽燕爱梦想的心弦。唱唱歌、跳跳舞、演奏乐器,可以作为一个专业来学习,还能作为今后的一个赖以生存的一份职业,令她醍醐灌顶,令她兴奋,展开了她梦想献身艺术的翅膀。潘幽燕想,唱歌能当"饭吃"。音乐家、歌唱家、艺术家可以作为自己的一个职业,那太美了。

有梦的日子,真好。"快点长大。"这是儿时单纯天真的梦想,它让憧憬撒满了童年的每一个角落,梦想在灿烂的阳光下开始疯长……有梦的日子,那是青春、那是青年人的专利。梦想再一次燃烧了,梦想再一次放飞了。她随着岁月的流淌,梦想也在一天天膨胀,像喷薄而出的朝阳,又如含苞欲放的花蕾,还像夜间芝麻拔节的清脆。潘幽燕既惊喜于多彩的大学梦,更欣慰于如歌的艺术梦。

　　然而,潘幽燕的父母却在担心自己的女儿,没有经过音乐大学的附小、附中的专业训练与系统的理论学习,要想考入正轨的音乐大学深造太难了;若是一旦考不上,还会影响潘幽燕以后的就业。那也是家长们的普遍担忧。似乎读大学就是为了解决就业,大学成了职业"培训机构"。

　　如果,潘幽燕若学理科的话,即使考不上大学也很可能考入父母工作的行业——邮电行业所办的专科学院或技校等学习,就业的面也宽得多。潘幽燕和她的父母就是有点这方面的犹豫,最后还出于潘幽燕对音乐的执著,决定让她试一试,报考音乐类大学,播下了潘幽燕报考艺术类大学的那颗小种子。

　　缘此,潘幽燕正式转入了文科班学习,立志做个声乐工作者、一个抒情女高音而全力以赴准备考音乐类大学。四川艺术大学,西南师范大学,都是她心驰神往的学校,仿佛正在向她频频"招手",怎不令她心情激动,好多天没睡好觉,做梦也是与音乐有关。音乐班,就是潘幽燕一个梦开始的地方。

　　有梦的日子真好,潘幽燕自从转入文科班后,班主任也为她一路大开绿灯。早自修等都由潘幽燕自己练声训练。下午也让她最早走,无形之中帮助潘幽燕,时间有了保证。

　　具体的就是让考艺术类大学的同学,他们不再上早自习,而是让他们集中练习发声;中午加课学习识谱,包括乐

在东京艺术大学岭贞子教授教研室练习

理知识、音乐理论等等,循序渐进地夯实了潘幽燕的音乐知识的基础训练与积累。

考音乐系学生,钢琴是其必考的课目之一。"乐器之王"之王的钢琴,是西洋古典音乐中的一种键盘乐器,由88个琴键(52个白键,36个黑键)和金属弦音板组成。她几乎囊括了乐音体系中的全部乐音,是除了管风琴以外音域最广的乐器,作曲和排练音乐也是十分方便。演奏者通过按下键盘上的琴键,牵动钢琴里面包着绒毡的小木槌,继而敲击钢丝弦发出声音,可以普遍地用于独奏、重奏、伴奏等演出活动。

可是,学声乐的潘幽燕,家里没有钢琴。于是,潘幽燕自己用纸剪个琴键,揣摩着学习,练习指法。这时的学校里,也没有钢琴可练。音乐教师的王雅梅就安排考艺术类的学生,轮流到她家里去,用自己的钢琴让学生学习弹奏钢琴,熟悉钢琴演奏与知识,体验与融入音乐氛围。

也就在这个时候,学校还转来了一位插班生。她是上届考过艺术类大学,因文化课没有录取,来这里专门补习高中文化课程的。这位学生叫毛见梅,音乐素养很好,从小就在少年宫学习音乐,唱歌、钢琴演奏等,一个天生的"艺术家"。专业水准明显高于音乐"素颜"的潘幽燕。

这位同学令潘幽燕很是羡慕和崇拜,并在这位同学的身上令她稍稍知道些考艺术系大学,要学的专业知识还有那么多。也正是这位考过一次大学的毛同学,告诉她考艺术系大学专业课程的考试经历。尤其,艺术类专业课要去你所报考的学校里考试,因为要考几天,需要住宿在学校……这些信息,让潘幽燕朦朦胧胧地隐约知道,考试的难度让她感到惊讶;同时也更燃起了一颗跃跃欲试的奋斗与挑战的决心,迫切地希望自己能考入音乐系大学,为自己加油。除了为自己加油,还能干什么。

艺术类大学,潘幽燕只有华山一条路,她正蓄势而为。"古今之成大事业、大学问者,必经过三种之境界。昨夜西风凋碧树,独上高楼,望尽天涯路;衣带渐宽终不悔,为伊消得人憔悴;众里寻他千百度,回头蓦见,那人正在灯火阑珊处。"更有"无痴不成才一说"。潘幽燕跃跃欲试,"不疯魔,不成活",那就是释放你体内的洪荒之力。它原是京剧业内的一句行话,指的是一种职业精神。更深一步,"不疯魔不成活"是一种境界,一种极痴迷的境界,无论对舞台,还是对事物具有一种深深的迷恋,这种迷恋让人深陷其中,如痴如醉,忘我地全身心付出。

古往今来的艺术大师、科学巨匠等等能成就一番大作为者,不乏疯魔之辈,唯有此等痴迷投入才能终成大器,完成大业。"不疯魔、不成活"——我来了,非我莫属。潘幽燕喊出了自己的决心。

潘幽燕,由此每天就是上足了发条似的,发声练习或参加音乐知识培训,及轮流去老师家学钢琴等等考大学所需的专业要求。加课成了她迎考的"常态化"的现象。

有志者事竟成,还要有不为常人所知道的毅力与吃苦。潘幽燕正是以"我不下地狱,谁下地狱"的坚决与抉择,而投身于高考艺术类大学音乐系的准备中。为了考试,潘幽燕甚至于披肝沥胆地四处求学,走火入魔般地跟着她父亲介绍的一个叫吴强的老师练声。也正是她的坚守与坚持那种常人无法想象的"练声",一周三次,单调枯燥,乏味得可以。她挺过来了。

潘幽燕成功了。今天回忆起来,还有点后怕,堪称那是一场挑战心力极限的"折磨"。潘幽燕就这样走了过来,赢了。那是用青春赌明天,她的成功可又来之不易。潘幽燕心有余悸地反复说,那时的练声,没有作品,只有周而复始

的练声。往往练声完毕,她是浑身乏力,完全是一种体力透支与精神上的"折磨"……最终,潘幽燕修成正果,如愿考入西南大学音乐系。

如今,活跃歌坛十余年的潘幽燕,每每走上舞台,还总在提醒自己,唱歌要进入"状态",将感情的起伏全部融入到歌声里,技巧不要太明显,那是成就一位职业歌手必备的专业素养。还必须用声带情,用心唱歌。那是对观众的尊重,也是对自己的负责。有一句话"金杯银杯,不如观众口碑",用在这里也很合适,观众就是你的衣食父母。潘幽燕说。

潘幽燕总是这样要求自己,她的每次演唱总是进入最好的状态,百分之百的努力,将自己最好的一面完美地呈现于舞台,让观众记住自己。要地对得起卖票的观众,他们是你的衣食父母。只有对音乐有敬畏感的歌手,才会用心唱

2008年在北京

歌,不只是一种"表演"。这就是潘幽燕的职业精神与敬业精神。

敬业精神是人们对一件事情、一种职业的热爱而产生的一种全身心投入的精神,把职业当作事业来对待。是一种对事业全身心忘我投入的精神境界。或用宋朝朱熹的话说,敬业就是专心致志以事其业。即用一种恭敬严肃的态度对待自己的工作,认真负责,一心一意,任劳任怨,精益求精。

孔夫子云,"执事敬"、"事思敬"、"修己以敬"。北宋程颐更进一步说,所谓敬者,主之一谓敬;所谓一者,无适(心不外向)之谓一。那是一种思想专一、不涣散的精神状态。潘幽燕是也。

3 魔鬼训练

深谙自己女儿缺乏专业训练的潘幽燕父亲,正好他有一个朋友叫吴强的宁波人,是重庆歌剧团的演员素养极高。于是,聘请他出山来指导自己女儿学习练声,为高考艺术类大学作针对性的最后"冲刺"。

所谓练声,就是练假声,那是一个专业性很强的训练课程。就是训练如何运用假声唱歌的技巧。假声又称假音、假嗓,是歌者通过控制声带发出的一种高于正常音域。说白就是通过声带的韧带边缘的振动而产生,令声音有了可塑性,这是一个专业性很强的声乐基本功。包括掌握歌唱呼吸、声区统一、吐字清晰、共鸣腔运用等。

假嗓亦名小嗓、二本嗓。也是戏剧演员的发音方法之一,发声时与真嗓相比喉孔缩小,部位抬高,气流变细。假嗓发音的音调较真嗓为高。潘幽燕举例主,京剧的旦角、小生的演唱均用假嗓,仿佛是喉咙后面传出来的声音,有点尖、有点长,却可以控制。其二者声音的刚柔力度有所不同,更适宜塑造人物。发出优美的假声的关键是要有比较高的发声位置,达到"音高"与"音尖"的目的。并注意真假

与吴强在一起

声之间衔接转换的光滑流畅，不能断裂，达到开阖自如。

其实，许多重金属摇滚乐歌手就喜欢用假声来演唱，比如"嘶哑"的嗓音。甚至假声还可以用作一种歌唱中的修饰声音的方法，若将真假声结合在一起的"混合声"能产生一种柔和、细腻、略带飘缈的艺术效果。戏曲如此，唱歌也是如此。若用嗓子用的不好，会把嗓子唱坏。潘幽燕说，她的母亲就是用嗓用坏了，当年唱样板戏，又没有设备，全靠自己的嗓音，把声音推出去。于是嗓子得不到保护而唱坏了。

这个叫吴强的是一位专业人员，唱过男高音，当时已经50多岁了，没结过婚。据说，他是一个名人之后，原本家族殷实，收集了大量的世界有名的歌唱家的声乐作品，还是一个精装版图书的收藏家，包括《鲁迅全集》等精装本，排列有序。

潘幽燕走进他的家,这书架仿佛一垛墙,横亘在你的眼前。对书法、诗歌均有涉猎的吴强,字也写得非常好,对声乐艺术颇有心得与研究。他对潘幽燕说,如何让声发得更宽、更厚、更亮,那是一个学"歌剧"的基本功。潘幽燕形容这位吴强老师像闻一多,一脸胡子拉碴。他却说留胡子只为坐车有人让位子,以为他年老。

只是,这位吴强先生与时代格格不入。老房拆了,歌剧院搬迁,他拿着动迁费全去买了书。有一回,已经名声渐起的潘幽燕,与她父亲带点礼品一起看望这个吴强。

这是一个大年夜,可是他的家门户紧闭。外面是"火树银花不夜天",他的窗户内却是暗无灯光……潘幽燕敲会门,无人应,便把东西放于门口,准备返回。

这时门缝闪开,露出吴强瘦小的身影。他说怕声音太闹,他在睡觉。潘幽燕心里一愣,凉意兜心。一个音乐工作者,竟如此凄凉的度着余生……后来听说乐队搬迁,潘幽燕曾四处打听他的近况,前几年曾听人说看到他,只是近期不知可好。有个人在微信群知道他,近年也失去了联系。潘幽燕心里总想去看望他一下也好。

潘幽燕是他的一个学生,用潘幽燕的话形容,他的教授训练完全可以说是一场"魔鬼训练"。那时的训练课上没有乐器伴奏,更没有课间甜食等补充体力。每次上课体力、心力的消耗都非常大。一天的练声发音训练结束,潘幽燕也是全身疲惫不堪,瘫软无力,几近透支。

　　每次下课后,潘幽燕回家时要坐近十站路的公共汽车。还好他家门口那是一个终点站,若车上已没有空座位的话,潘幽燕就不急着上车,因为她实在太累了,担心自己连扶住把手的力气也没有了,害怕在晃动的车上站不稳摔倒。

　　潘幽燕总是等着下一辆空车的到来,她才颤颤地上了车。如此反复,坚持数月。当时 16 岁、正值青春期的潘幽燕,硬是凭着一股不服输、不怕苦的韧劲,凭着强烈的学习愿望和对音乐世界的梦想,坚持下来了,走火入魔一般。

　　确实在这一年里的强化训练,潘幽燕的声音有了质的嬗变。音色更加柔和、优美、细腻,音域也更为宽阔,为她后来的歌唱事业成功,奠定了坚实的声乐基础。这与吴强的训练有关。

　　吴强说,唱歌不等于发声就行,发声是物理现象。重要的是呼吸控制、共鸣位置的调整,那是生理现象。两者有机地"合一",那就是歌唱艺术了。歌唱的好听不好听,就是心理问题。有些人发声不错,但人家不要听就是这个道理。

　　尤其,不同地区,有不同的发声方法。比如意大利重元音,要的是美声。德国人重辅音,要的是清晰有力。汉语言讲求吐字,以字行腔。中国人讲求四声,作曲、唱歌都不能倒字,达到字正腔圆。它的先决条件是气息共鸣过关,否则不是歌唱意义上的字正腔圆。

　　潘幽燕的体会是,比如拿到一个歌谱,先要理解歌词意境,然后身临其境地将原意充分唱出来,将思想感情表达出来,它是一种再创作,要用歌声将语言有所升华。

　　腔圆就是声音自然、婉转、起伏、连贯,并在此基础上扩大自然声区的音域,使之气息的婉转、均匀,时而有强有弱,才能使声带振动有变化,从而带动共鸣有色彩。腔圆烘托字正,字正带动腔圆。光字正没有腔圆,这字正还是没有感情依托,显示不出完整性;腔圆没有字正,这个腔圆不是真正的腔圆,是有缺陷的。这就是歌唱艺术的魅力。潘幽燕颇多心得。

　　潘幽燕回忆说吴强,他是一个单身,为了教女孩子练声而避嫌,恪守"男女授受不亲"之古训。练声时,他总把门帘开着一半……正是这位老师,成就了潘幽燕的"音乐梦",为其声乐开蒙。

　　吴强的理论,认为人的身体本身就是一架乐器,发声主要靠身体而不是嗓子。因而每次上课,他都会教潘幽燕不断地练发音,用各种各样的方法发音,发各种各样的音,有时甚至用手摸着按着喉部的骨头发音……潘幽燕印象中,吴强有点魏晋时代的像嵇康、阮籍之属,有点放浪形骸,并采用比较间接的手法,隐晦曲折地表达自己的思想感情。

　　潘幽燕总结那段练声时说,练声,就是吊嗓子。外松内紧,不仅把力量用在喉咙处,而是全身都在运动,持续两三个小时。口腔上颚微微吸起,下颚松弛,两肋拉力像弹簧一样,一张一弛,发声口腔各个器官都能有机配合,形成头、鼻、胸三腔的强烈共鸣。

那个吴强还告诉潘幽燕,学声乐的最高境界就是学唱歌剧,必须练好假声,用歌唱来塑造角色。用这种方法演唱,令歌者不论唱什么板式,唱腔有多么复杂,都能保持气息稳定和声音的通畅完美,音色有一种晶亮透明的感觉。将歌曲唱成了艺术,通过抑扬有节奏的音调发出美妙的声音,它就是美声唱法的歌剧。

西洋歌剧中的"花腔女高音"则以音色华丽清脆高亢,善于快速的装饰音群,在高音处极为灵便,根据其号型的不同又可以分为抒情花腔女高音与戏剧花腔女高音。前者,音色柔美而富感情,多数歌剧角色都由这一个声部的歌手担当;后者,声音浑厚洪亮,富有戏剧性,能处理极端强烈的戏剧变化。这些,潘幽燕当时只是囫囵吞枣一般,需要一段时间的积淀与积累,才能慢慢消化与感悟的。

同时,吴强还对潘幽燕坦白地说,理想的歌剧演员起码身高 165 公分,才能做主演。最好是 167 或 168 的女高音,那个舞台形象,特别有气场。而当时的潘幽燕身高 160 公分,不是很理想。

吴强并称,作为一个歌剧演员,嗓音要做到三点,那就是"宽、厚、亮"。吴强分析潘幽燕的嗓子亮度有,宽度也有……若加强厚度的训练,必是一个可塑之才。总之,女高音贵在音质醇厚,音色饱满亮丽,音域宽广。

一般花腔女高音的音域比女高音还要高,声音轻巧灵活,色彩丰富,性质与长笛相似,擅于演唱快速的音阶、顿音和装饰性的华丽曲调,表现欢乐的、热烈的情绪或抒发胸中的理想。而戏剧女高音的声音坚强有力,能够表现强烈的、激动的、复杂的情绪,擅于演唱戏剧性的喧叙调……潘幽燕音域宽、音色丰、表现力强,特别善于人物的塑造与剧情的演绎,一个擅长抒情女高音的歌唱家。

时间飞驰,经过一段时间后的强化训练。潘幽燕的各项成绩也有了飞速的进步,最后迎来了正式考试。高考艺术类可加分,包括专业考,乐理,钢琴都要考,而且时间长,要考几天。

好在,那个转学而来的毛见梅同学,她是"老手"第二次考了。她有经验考过一回,陪潘幽燕一起考。并由她向回家度假的同学借用宿舍,他们俩人结伴一起住。这客观上帮助潘幽燕不少,从而迎来"白热化"的只能成功、不许失败的高考阶段。

潘幽燕一再地反复提醒自己,自己现在为自己未来买的是一张"单程车票",无法"改签",更不能放弃。因为,生活总会在最深的绝望里,遇见最美丽的风景。

或许,人生就是一张"单程车票",没有后路,不能返回。

"路很长,但我还要走下去。即使希望渺茫我也要走下去。孤独也好,寂寞也好,困苦也好,我都要走下去。因为——在我的前方,有一颗星在闪烁。"潘幽燕深知,人生不能彩排,也不能重来。潘幽燕义无反顾,志在必得地作好准备去迎接决定自己未来之路的考试来临。

潘幽燕说,挑战自己,就是挑战命运。战胜寂寞就能赢得丰盈的果实,就是一份耕耘,一份收获。上帝会公平的,她想。

潘幽燕就这样渡过了她的那段复习迎考的日子,那是一场全国性的"战争",令她心中发慌。高考有成功者,更有失败者,人生将从此走向不同的未来。

潘幽燕说,"我宁愿相信童话,走进童话的森林,那里的一切都是快活的,蹦跳的,有鸟声,有松声和树枝的吱吱声。

有小矮人,也有善良的小男孩,有通向城堡的石卵路,还有公主的宫殿……"但是,现实生活中他们又在哪里。或许,高考就是一场没有硝烟的战争。但山高我为峰,世界在我脚下,无论前方是荆棘还是鲜花她都全力以赴……潘幽燕此刻只有一个心愿,全力以赴。

1986年,高考揭榜,西南师范大学音乐系录取通知书来了;同时,位于成都的四川大学音乐学院的录取通知书也来了。潘幽燕踌躇满志地选择了前者,西南师范大学,那是她的一个梦。潘幽燕圆梦了,这是她迈出了音乐之路上成功的第一步……

可当时,考完试的潘幽燕心情不佳,情绪压抑,以为没考出最好水平的她,只能在家呆着心神不定。她母亲说她,"赶也赶不出去"。而录取通知书还是班主任老师风尘仆仆地第一时间亲自送达。

有志者事竟成的潘幽燕,深孚众望地圆梦了。她成功地考入她心仪的西南师范大学音乐系。正是如此,潘幽燕成为田家炳高中第一位考取音乐系大学的学生。那是怎样换来的,一个歌唱演员是怎样炼成的。只有她自己知道。那是汗水,甚至是泪水浇灌出来的。

那些年,复习备考的生活是紧张的。除了天赋之外,潘幽燕就是凭着一股死劲头,也凭着一份激情。同时,她还珍惜着每一个学习的机会,珍惜每一堂课,不仅是发音、练琴、还是学习乐理知识，阅读音乐著作，都如饥似渴的拼命汲取、吸收、练习。

潘幽燕满脑子都是琴声，满脑子都是唱歌，不仅走路练习，就是做梦都是唱歌替代了说梦话。而且练声，要坚持，旷日持久的坚持。她就是潘幽燕，她具备成功的最重要的元素"玩命"。

后来，也有几名同学先后向吴强学习发音，但都因练习强度太大，太苦，也担心练坏嗓子，没有一个人能够坚持下来。有一天，潘幽燕竟打出一张与吴强的全影照。这特别难得，"吴强很少答应与别人一起拍照，那次他欣然与自己拍了照，成了一个纪念。"潘幽燕说，再看照片上的吴强，显得苍老，粗看上去，有点"弘一"造型。

把生命交给了音乐的潘幽燕，也是王雅梅一个骄傲，至今有着微信联络。然而，当时的王雅梅对人平等，一视同仁。不因为你唱得好而特别关照你。后来，潘幽燕听说这位老师离开了学校，嫁给一个出版社编辑。

直到 23 岁出国前，潘幽燕一直生活在重庆。在校其间，潘幽燕也有过几次"走穴"经历，那是学校组织的。她印象最深自己喜欢唱的那首歌邓丽君的《知道不知道》：

山青水秀太阳高

好呀么好风飘

年方17岁

回母校

小小船儿撑过来

它一路摇呀摇

为了那心上人

起呀起大早

也不管呀路迢迢

我情愿多辛劳……

潘幽燕还把"但愿同入梦"一句的尾音拖得很长、很长，音乐完了，潘幽燕的唇间还保持着这个口形，一种意犹未尽的感觉。

那是一个花样年华的她很纯粹的对音乐的享受，一个涉世未深的女青年对未来理想的一个朦胧的憧憬。

这期间潘幽燕的歌，唱得全部是邓丽君的歌，迎合大众

审美趣味，也很讨巧，容易产生共鸣。

最为可贵的是，潘幽燕的嗓音，还是与邓丽君的音色如此像相。包括，潘幽燕演唱的《知道不知道》《小路》，潘幽燕就是一点"小确幸"地赚点小外快。不是纯美声而是通俗歌曲。潘幽燕说，大概有唱得比较好的三个同学一起"走穴"。其中毛见梅唱苏芮的歌，唱得很好。

或许，音乐史并不是大师与精彩作品的有序联结，而是无数的音乐爱好者与他们的儿女们在广场、山寨、街巷的合唱……或许，音乐的发展总是这样，民间的轻歌曼舞才是音乐史永远的、不绝的溪水，最终汇入瀚淼无疆的音乐大海之中而写就一部皇皇巨著的音乐史。

潘幽燕是一个，她的父母也是一个，映照着众多的浮生面相而潜移默化地融入了中国音乐史。

　　"兴于诗，立于礼，成于乐"。中国素称"礼乐之邦"，音乐在人格养成、文化生活和国家礼仪方面有着很重要的作用和地位。据考古发现，中国音乐可追溯至7000多年前。也就是说，有了先人类，才有了原始音乐。中华民族在几千年的历史长河中，创造了丰富的音乐文化。"歌出山寨"而"兴观群怨"，那是任何民族的文化艺术之根、之本。

　　音乐更是如此，总先有"劳动号子"，才有煌煌如炬的中国音乐史；同时也有琵琶、二胡、编钟、箫、笛、瑟、琴、埙、笙和鼓等古代民族乐器的竞相登场，成就浩浩淼淼的一部音乐史诗。

第二季
有女初长成

明月几时有
把酒问青天
不知天上宫阙
今昔是何年
我欲乘风归去
唯恐琼楼玉宇
高处不胜寒
起舞弄清影
何似在人间

4　东渡扶桑

有人撰文"邻座一玉人"，称潘幽燕为女史。其出处就是中国东晋顾恺之的绘画作品《女史箴图》，那是一组描绘多帧女范楷模的人物长卷。女史一词，就是对一个有着古典修养、有品位不俗女性的一种美誉。令人见贤思齐，潘幽燕跻身其间。

潘幽燕不仅学习成绩优秀，做事勤奋，有人缘、有口碑；往往幸运之神也常常眷顾着她。一脸厚道、没有心机的潘幽燕父亲，一再得意地说起自己的大女儿潘幽燕，脸上乐了开花，堪称那是他的一个"杰作"，一个可以炫耀的成功作品。

他骄傲地说自己的女儿，考大学，西南师范大学、四川音乐学院的录取通知书同时收到，她选择前者；面对在日签证到期之时，东京艺大录取通知书、日本唱片公司的签约合同时一并送达她的手上，她又选择前者……

确实，当年潘幽燕面对两纸大学录取通知书时，她毫不犹豫地选择了她更为心仪的西南师范大学音乐系。潘幽燕兴奋地说，当初，她在这里参加考试时，看到校园有一座毛

林间散步

主席的塑像，目光炯炯有神，很有气势而好生喜欢。尤其校园里林木森森，芳草萋萋，处处迷漫着一种撩人的甜蜜蜜感觉而令人心情愉快……她心想，这里的环境与气氛一定是个谈情说爱的好地方。若能在这里上学，环境多美，心里暗暗下决心，争取考上，一定考上。潘幽燕的心早早在这里扎下了根，有了冥冥之中的一个安排。

当然，潘幽燕最终选择西南师范大学的还有另一个原因，是缘于她的声乐启蒙老师王雅梅也是这个学校出来的。王老师是她的榜样，一种激励她的动力，有时"榜样的力量"是无穷的。而潘幽燕的父亲回忆说，自己女儿之所以选择西南师范大学，客观上因为一个在重庆，路近些；相对四川大学在成都市，路远些。总之，功夫不负有心人。潘幽燕如愿考入西南师范大学音乐系，迈出了他歌唱事业成功的第

1990年毕业音乐会伴奏韩恩福

一步。

　　西南师范大学很大,是教育部直属的重点师范大学,位于中国最年轻的直辖市——重庆。这所大学发轫于1906年的西南地区,一个开中国之新学的川东师范学堂,随后合并成为教育部直属重点综合性大学——中国西南师范大学。那些年,学校每年向云贵川三地只招30个学生,潘幽燕很幸运地考上了,成为其中一个幸运儿。

　　同时,潘幽燕也成了她所在的田家炳中学考入艺术类大学的第一人,成为田家炳学校的骄傲。王雅梅是她的引路人,与潘幽燕同时考入的还有另一个就是那个毛见梅,但是她是由其他学校转来的,那个毛同学也对她不少帮助。

　　1986年,考入西南师范大学音乐系的潘幽燕,先后师承颜家成、冯坤贤学声乐与主修声乐。尤其,潘幽燕得到冯

出国前（重庆家）   在日本家中

　　教授的亲炙而进步明显,再加以其独有的天赋与悟性,声乐
技艺和表现力得到多方面的发展与提高。继而,渐进形成
潘幽燕的声韵圆润柔美,音域宽广;表演灵巧灵活,且富有
弹性和穿透力,善于演唱各类体裁的音乐作品和不同题材
的歌曲,她均都能驾轻就熟。美声、通俗、民族唱法兼工,成
为歌唱艺术的"昆乱不挡"。

　　有人评说,潘幽燕是一位颇有音乐前途的女高音,一个
音乐苗子,可塑之材。此言不假。那年考入大学后的第三
年分科,声乐是潘幽燕的强项。曾在1989年还在就读大学
的潘幽燕,就在重庆电视台举办的一场"花溪之春"《红岩
杯》广播电视邀请赛上小试牛刀。潘幽燕报名参赛的作品,
是两曲美声唱法的艺术歌曲《林中的小鸟在歌唱》《不幸的
人生》《岩口滴水》,好评如潮,从而声誉鹊起。

与恩师陈玄教授（右）冯坤贤教授合影

1990年演唱会合影

　　那年，潘幽燕有了第一次演唱生涯观众给她献花，令她激动不已。

　　1990年，西南师范大学音乐系为行将毕业的潘幽燕、刘春妍合办一场独唱音乐会。专场独唱会上，潘幽燕一连唱了20多首中外歌曲作品，反响热烈。主要是《我爱你中国》《春—祖国的春天》等，她还演唱了潘幽燕娴熟擅长的西洋歌剧，那就是《波希米亚人》的《漫步街上》，尤其《为艺术、为爱情》，那是普契尼的歌剧《托斯卡》里面一首脍炙人口的咏叹调，将演唱会气氛推向高潮。

　　　　艺术爱情

　　　　就是我生命

　　　　我从不曾伤害任何的生灵

1997年东京艺大歌剧《图兰多》饰柳儿（前右一）

我接过损难

默默的记住这人们的慕羡

我是个虔诚的信徒

在上帝面前用纯洁的心真诚的祈祷

永远是真诚的信徒

常把鲜花供奉

在这痛苦的时刻

为什么

上帝啊

为什么对我这样的无情……

歌声尚未停顿，台下掌声已是一片。潘幽燕将这首歌曲演绎得荡气回肠，一咏三叹而凸显歌剧魅力，产生艺术共鸣。同时,演唱会现场采用经典的钢琴伴奏,更增添美声唱法之美,令潘幽燕好好地过了一把瘾。

1990 年,深造四年后的潘幽燕以优异成绩从西南大学音乐专业毕业,获得了学士学位。可以说,潘幽燕的歌唱事业初战告捷。随后,潘幽燕在重庆音乐学院打工……那个毛同学去了北京发展,继续酷爱音乐,成了在北京的一个富婆。潘幽燕笑侃,每当有同学去北京,吃住她全包了。

从西南大学毕业的潘幽燕,并没有满足而停止继续求学的脚步。那就是缘于一个很朦胧、不很清晰的梦——去欧洲唱歌剧,这才是她学美声冥冥之中的一个终极目标,一个很纯粹的夙愿。

那场郭任远作品音乐会中的郭任远,是第一个资助她开音乐会的老师,令她心存感念。

潘幽燕介绍说,歌剧是歌唱艺术的最高境界,那种"仪式感"令人敬畏,是一件很严肃的事情。她是一种声乐和器乐综合而成的戏剧形式,所以也称"乐剧"。演绎西洋舞台之美的歌剧,那是专业性很强的一门西方舞台表演艺术,就是完全以歌唱和音乐来塑造人物与推进剧情发展的一台戏剧形式。背景、戏服以及表演,是歌剧舞台表演的典型元素。

有的歌剧只有歌唱,没有独白和对话,有的则是三者兼而有之。歌剧的唱词和音乐十分重要,歌词的语言应是诗

1998年留日期间回母校（西南大学）

出国前在重庆母亲（中）潘宇（右）

西南大学（大四）

1998年与家人

出国前与家人的合照

在重庆教育学院任教

的语言。尤其，歌剧主要是靠独唱的咏叹调引领全局。一般来说，咏叹调会伴随着每一次戏剧性的转折将整部戏推向高潮，往往是浪漫主义的。

可以说，歌剧综合了音乐、戏剧和美术等各门类艺术的体裁。没有文学剧本这个基础，就无从产生歌剧的音乐；没有戏剧表演（演员的动作、方位的调度或者舞蹈场面等等），就不可能生动而明确地体现出情节和人物的关系；没有美术（包括舞台设计、服装、道具、灯光），也不可能完整地表现出歌剧剧情所发生的环境。它是听觉和视觉的艺术，在听到美妙音乐的同时，感受舞台上演员的形体表演……

潘幽燕深谙，听音乐，需要文化。这文化，不是指学校里学的数理化，也不是语文课上对文章的分析，对语法现象的认识。而是对人生意义的领悟，对社会这本大书的观照。

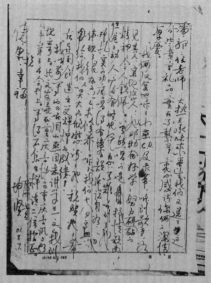

重庆教育学院任教   冯坤贤教授推荐信

潘幽燕认为，在不同人的眼睛里，人生的意义是不同的，对生活认识的程度是不同的，所以，对一部歌剧作品也各不相同而去更多地接受音乐中的真善美。因为，歌剧是非常迷人的艺术世界，一旦走进去了，就会流连忘返。最经典得是用意大语演唱歌剧。

因为，歌剧演出更看重歌唱和歌手的传统声乐技巧等音乐元素，有的则需要一支完整的管弦乐团。有时为了表达剧情，歌剧中还有穿插舞蹈，被视为西方古典音乐传统的一部分。莫扎特的《费加罗的婚礼》《唐·乔望尼》《女人皆如此》为人称颂。

而莫扎特的《魔笛》，更是成就了欧洲歌剧的一个"标杆性"作品，一座"里程碑式"的杰作。歌剧不单单独唱、重唱和合唱，也包括对白、表演和舞蹈……潘幽燕是沉醉在其

西南大学同窗

中,一段幽梦。

一年后,潘幽燕真的竟与单位办了"停薪留职"手续,并交了赔偿金数千元,毅然远走高飞。因为,潘幽燕读得是师范类学校,必须满足四年服务后才能调离,而潘幽燕才服务了一年左右。

当年,还是那个西南师范大学音乐学院的冯坤贤老师,为潘幽燕写了推荐信给日本的名仓省三先生,希望在其仰慕的老师门下学习、深造。那是潘幽燕的一个夙愿。

三月后,一纸签证就出来了,潘幽燕去了日本……那年1991年,走上了她东渡扶桑之路,憧憬着靓丽的舞台为她而设;直至2011年日本大地震发生,她竟悻悻然地演绎一幕"泪奔机场"的场景而令人唏嘘不已。回到国内的潘幽燕说,当时,自己的歌唱事业刚刚有了起色,从播种、耕耘,到开枝散叶……她是付出辛勤努力，尚未收获竟戛然而止。"生活开我的大玩笑，也开得太大了，却又是无法更改的现实"，潘幽燕心里堪称五味杂陈。"我回国，究竟是荣归故里，还是出于无奈。"

有一部介绍在日本留学生涯的纪录片，《我们的留学生活—在日本的日子》真实记录与潘幽燕同时代的海外游子在日本求学奋斗的一段鲜为人知的故事。他们生活在大洋彼岸的异国他乡，继写着新"夸父追日"的神话。画面纪录他们"初来乍到"的泪水与笑容，记述了他们走过的成长过程。潘幽燕何尝不是其中的一个。

最初，茫茫然地来到日本的潘幽燕，为了攒生活费、学费，可谓筚路褴褛，尝遍生活之苦。潘幽燕学的美声，原本在这里过渡一下去欧洲，向往欧洲典雅、精致、诗意的歌剧院。然而，潘幽燕糊里糊涂地却在日本一呆就是 10 余年，要不是日本一场地震，她可能还在日本谋生与拼搏，继续做着去欧洲学歌剧的美梦呢。

宇都宫，成为潘幽燕最初在日本渡过的一段记忆深刻的风迹烟痕。1922 年建立的宇都宫大学，成为她开启她的语言学习。这是一所日本知名国立大学，1949 年开设大学教育的日本国立大学，简称"宇大"。1964 年，设立工学部，1966 年学艺学部改称教育学部。当时，潘幽燕的先生就是在工学部就读；而她自己则在教育学部语言学校，先过语

言关。

　　那些年,潘幽燕每天上午语言学校上课,下午便去四处打工,赚生活费、攒学费……她去的第一个打工的地方是一家帽子厂,就是在一条流水线上贴标签。单调而乏味,也却干得很充实,那是生活的需要。"我不干,谁养我。"自己养活自己,那是每一个在海外谋生的必须手段。那是一段"泪水汗水共飞"的时期,多少辛酸在其中。

　　那天,潘幽燕很愉快地回忆这段时间,好象在诉说别人的故事一样,那样淡定、从容,与她无关一般。仿佛一幅写意画,简约得只有线条,更多的是留白,却是风骨犹现。

　　那是一个台湾人离开那里而介绍潘幽燕去的一家帽子加工作坊。一楼男工,二楼全是女工。只是,潘幽燕极不适应坐在榻榻面上干活。她的活就是在一条流水线上往帽子上贴商标,简单、重复、乏味;再强打精神,如此反复……半天下来,不干活这样坐着也是腰酸背痛,没有背可靠的。只有下午三点的下午茶,她才能稍稍休息一阵,弯弯腰,敲敲背,松松筋骨,继续周而复始。

为五斗米折腰,那是一种生活方式。"不为五斗米折腰"那是一个典故,崇尚的是一种浪漫主义精神。渊源于那个"少无适俗韵,性本爱丘山。误落尘网中,一去三十年"的陶渊明"不为五斗米折腰",而获得了心灵的自由,获得了人格的尊严,写出了一代文风并流传百世的诗文。其后的李白,在《梦游天姥吟留别》一诗中"安能摧眉折腰事权贵,使我不得开心颜"和陶渊明的清高,一脉相承。

潘幽燕则不然,为了讨生活。纵然为了事业,也首先有事,而后才有可能创业。这是现实生活,这是"皮之不存,毛将附焉"的道理。潘幽燕最为清楚,因为清高不能当饭吃。

因缘巧合的是,潘幽燕进这家小厂之日,竟是她这位还不是先生的先生钱钢,一个上海人刚刚离开这里之时。或许,那是缘于一个冥冥之中的安排吧。

这天,钱钢来厂里结账的时候,听说来了一个中国人,是女的,也来这里打工。于是,钱钢好奇地往楼上张望。她是谁,啥模样……有人竟对潘幽燕说,有人找你,她愕然……"这里我人生地不熟,有谁认识我……"也是出于好奇的潘幽燕就这样走下去,几句寒暄,便有了他们"以后的故事"。

两人见了面,同在一个异国他乡,他们不是亲人也算同胞,孤独感顿时有所释怀,有了一种依靠。他们留下联络信息,随之,有了他们最初的接触与往来。

毕竟独自生活在国外,有个熟人总是一种慰藉,令自己的孤独与单调且乏善可陈的生活,带点变化,总不是坏事。她说,"这是上帝安排吧。"

有人说,人生故事充满了戏剧性,且难以把控,不以人们意志为转移。谁说不是。其实,天老地荒的爱情如此,"苟富贵,勿相忘"的人生,也是如此。"关关雎鸠,在河之洲。窈窕淑女,君子好逑。"这就是此诗之所以成为《诗三百》之首的原因,谁也不能免俗。

有首储维作词作曲《我和你》的歌,唱出一种性情与心境。

　　美丽的夜空星星都在眨眼睛

　　看你的眼睛忽然变的很透明

　　喜欢你的微笑　喜欢你调皮的表情

　　喜欢你象只小熊依偎在我的怀里

　　我好想用我的一生去照顾你

　　有你的每一天都会出现奇迹

　　喜欢你的美丽　喜欢你带点孩子气

喜欢你把你的手放在我的手心　喔

我和你在一起　永远不想要分离

我会把你　放在我心里　我和你在一起

永远分享这甜蜜我会努力　用尽所有全力　去
爱你

我好想用我的一生去照顾你

有你的每一天都会出现奇迹

喜欢你的美丽　喜欢你你带点孩子气

喜欢你把你的手放在我的手心　喔

我和你在一起　永远不想要分离

我会把你　放在我心里　我和你在一起

永远分享这甜蜜我会努力　用尽所有全力　去
爱你

如果你不乖我一定不会生气

因为我会永远牵就着你

如果我们在一起要经历风雨　我会把你的手用力
握紧

我和你在一起　永远不想要分离

我会把你　放在我心里　我和你在一起

永远分享这甜蜜我会努力　用尽所有全力　去
爱你

处于花样年华的潘幽燕与她的风华正茂的钱钢更是如此，他们就这样、别无选择地被"丘比特"箭射中了。无需媒人，一阵"和"风就行，风马牛相皆也。

真的，某一天钱钢率先打来电话对潘幽燕说，四月樱花开了，请她去他的学校看花。日本的樱花，崇为"国花"并不为过。每年的3月15日至4月15日是日本的"樱花节"。往往花每枝3到5朵，成伞状花序，花瓣先端缺刻，花色多为白色、粉红色。可分单瓣和复瓣两类。据载，樱花，起源于中国，原产于喜马拉雅山脉。当时万国来朝，日本深慕中华文化之璀璨，樱花随着建筑、服饰等一并被日本朝拜者带回。

喜马拉雅的樱花传往日本后，在精心培育下不断增加品种，成为一个丰富的樱家族。南宋时期，王僧达有诗曰，"初樱动时艳，擅藻灼辉芳，细叶未开蕾，红花已发光。"由诗可知，此樱是一株先花后叶的红色早花品种，幼叶浅黄色而花艳丽。

日本人认为人生短暂，活着就要像樱花一样灿烂，即使死，也该果敢离去。樱花凋落时，不污不染，很干脆而被日本人尊为日本精神。尤其是在日本，樱花更是爱情的象征。它代表着高雅，质朴纯洁的爱情。樱花宛如懵懂少女的，安静得在春天开放，满树的白色粉色的樱花，是对情人诉说爱情的最美语言。心中的某个人，就如那场寂寞的樱花雨，缓

1999年3月25日硕士毕业上野留念

缓消失在时光的深处，留下永恒的记忆。

那天，潘幽燕精心打扮一番，毕竟"第一次"有一种的仪式感，也有点莫名的忐忑和甜蜜。钱钢也是穿着非常的整洁，看得出也是"有一番准备而来"。

> Oh 看着你单飞
>
> 飞出我的视线
>
> 每回告别
>
> 好嫉妒你
>
> 头也不回
>
> 日以继夜
>
> 想念又在眼里作祟
>
> Oh 我无言以对

樱花在风中翻飞

我给我的一切

也爱你的拒绝

也许爱该像樱花般飘坠

追刹那的完美

像你擦肩而过我的泪

钱钢说,"当时我心里有一种莫名的怦然心动,一种无法抑制幸福在敲门的喜悦。"一个潜意识的好感而演绎了一场男欢女爱的"交往"。

有人说,如果不是来得莫名其妙,怎么能算是怦然心动。潘幽燕如此,钱钢何尝不是。这是一首庾澄庆演唱歌曲《樱花》,唱的是别离,却因歌名,成为他们一个诗意的存念。

钱钢比潘幽燕长几岁,一个中等个子。毕业于同济大学工业与民用建筑专业,获工学学士学位。毕业后,由于他的姐姐在上海工作而分配去了天津,在建设部中国市政工程华北设计研究院工作,主要从事煤气工厂与钢铁工厂等的结构设计;随后回到上海,在中国核工业部上海核工程研究设计院供职。1990年代,不甘寂寞的钱钢,怀揣梦想的他远赴日攻读日本国立宇都宫大学建筑系硕士、博士。竟在1978年到1988年的十年时间里,淬练成为一个工业与民用建筑设计与施工人才,多少建筑类论文发表。

"携来百侣曾游,忆往昔峥嵘岁月稠。恰同学少年,风华正茂;书生意气,挥斥方遒"。钱钢一个追风少年,有约潘幽燕,似乎一部通俗的爱情片剧情。一个要邀,一个允诺。潘幽燕不假思索地顺口答应,不见不散,似乎水到渠成。从而,一个有情、一个有意地有了"第一次约会"……最终双手同携、共筑爱巢。

当时的潘幽燕,从他阵阵"暖语"中得知,她的真命天子钱钢,毕业于上海同济大学工民建专业,一个理工科生。曾在天津工作,得到一笔奖学金而孤身来到日本谋发展。

于是,有了他们的邂逅与未来,这是上帝的旨意。"有的人,初见就会备感温暖,仿佛似曾相识,似乎心有灵犀,却不曾有任何记忆。"这叫前世有缘,今生有分。张信哲有首歌,《做你的男人》正是唱说出此刻她的钱钢的心境。

东京　纽约　每个地点

带你去坐幸福的地下铁

散步　逛街　找电影院

累了　我就帮你提高跟鞋

塞车　停电　哪怕下雪

每天都要和你过情人节

星光　音乐　一杯热咖啡

只想给你所有浪漫情节

让我做你的男人　二十四个小时不睡觉

小心翼翼的保持　这种热情不退烧

不管世界多纷挠　我们俩紧紧的拥抱

隐隐约约我感觉有微笑　藏在你嘴角

做你的男人　二十四个小时不睡觉

让胆小的你在黑夜中　也会有个依靠

就算有一天爱会变少　人会变老

就算没告诉过你也知道

下辈子还要和你遇到

东京　纽约　每个地点

带你去坐幸福的地下铁

散步　逛街　找电影院

累了　我就帮你提高跟鞋

塞车　停电　哪怕下雪

每天都要和你过情人节

星光　音乐　一杯热咖啡

只想给你所有浪漫情节

让我做你的男人　二十四个小时不睡觉

小心翼翼的保持　这种热情不退烧

不管世界多纷挠　我们俩紧紧的拥抱

隐隐约约我感觉有微笑　藏在你嘴角

参加留学生歌唱比赛

　　　做你的男人　二十四个小时不睡觉

　　　让胆小的你在黑夜中　也会有个依靠

　　　就算有一天爱会变少　人会变老

　　　就算没告诉过你也知道

　　　下辈子还要和你遇到

　　异国他乡的日本，见证了他们从相识到相恋的过程。事业未成先有情，这是潘幽燕没意识到的。男大当婚，女大当嫁这是天意。

　　有人曾对潘幽燕说，你的这个男朋友是个大学生，玉树临风，看上去是一个很靠谱的人。按照中国人的说法，他们就是这样"对上眼"，有了眼缘，才有发展的可能。约她"看花"，就是一份缘分。她的终身大事，就这样顺利解决。减去了她为谈恋爱而"劳命又伤财",这就是潘幽燕。

再说,当时的日本语言学校都有些问题,就是为了赚中国就学生的钱。所谓"就学生",说白了就是打工、就是打工一族。只要你找到一个保人,就能去日本打工,一般得到的都是"就学生"鉴证。若文化点地解释"就学生",就是为准备考大学的留学生而开设的教育课程,升学指导,考试对策辅导,提高日语使用能力,以会话为中心的课程,强化日语能力。再说得极端些,就是纯粹打工一属。

所谓日本语言学校,最初就是对母语不是日语的人进行日语教育的学校,大部分中国留学生一般都是通过这类语言学校实现赴日,然后在日本升入自己心仪的大学,所以语言学校又是中国学生进入优秀日本大学的快速通道。而日本的这类语言学校属于非学历教育,而且倒闭现象时有发生,被一些学生和家长视为"雷区"。

原本"入管处"半年查一次,后来三月一次,甚至一月一查。日本保人也烦,交材料,包括工资证明等众多隐私。关键程序太烦,一月查一次频率太高,日本保人也受不了。而中国"就学生"与保人之间并不是很熟、又不亲近,彼此只是一个松散的人脉关系。潘幽燕的保人也对她说,明年你重找一个保人,我不当你的保人了。

潘幽燕到日本留学一般必须先到语言学校学习,因为大多数日本优秀国公立院校不直接在中国招生,而是通过

日本语言学校来招收留学生的。一般在语言学校读二年，潘幽燕只读了一年多，日语不是太好，签证又要到期。

在日本，研究生就是预备生"准研究生"。真正的"研究生"日本称"大学院生"。而打工为生的"就学生"没地位，也没信誉而言。"我是起点低，从国内的大学老师，到这里做草帽打工谋生。我竟为了赚生活费、学费，音乐被封杀了。"潘幽燕心痛，音乐是她的生命力量，没有音乐生命还有什么意义可言。她扪心自问，不寒而栗。那段留学打工的日子里，令潘幽燕心酸无比，没地位，没保障。与现在在城里打工的农民工一样。潘幽燕说，我来这里并不是为赚钱谋生，在国内也是高校老师，原本是在这里过渡去欧洲留学。今天，为了讨生活，竟失去了她的音乐梦，令她很是无奈之至，痛心疾首。且一时还无法改观，看不到希望。

在日本的最初岁月，可以说潘幽燕真的过着与音乐无关的生活。磨难，也是一场生活历练、一场炼狱。一代圣人孟子说，生于忧患，死于安乐，"故天将降大任于斯人也，必先苦其心志，劳其筋骨，饿其体肤，空乏其身，行拂乱其所为，所以动心忍性，曾益其所不能。"

那么，"天将降大任于斯人。"它包括潘幽燕吗。无人告诉她。也为了生活，潘幽燕还是多处打工。最初的几年时间里，潘幽燕也基本忘了自己来日本的初衷。音乐梦，被现实无情地抛到九霄云外了。

潘幽燕常常一大早出门，后半夜回家，那是潘幽燕在日本最初的生活程序。往往上午上课，下午在帽子厂打工，每小时800日币；晚上7点再到一家水果店，报酬可以7000日币一次。当时介绍人说6000日币，5个小时。可一进去,看见潘幽燕是个青年学生就加她工资到7000日币。她还在一家喫茶店打杂,洗杯子、做水果、扫地卫生……无所不干。也是中国留学生的一个生活写照,都是如此。

最初,潘幽燕从国内出来,身上仅有8000人民币,后来家里又借了20万日币,以防不需之用。母亲给她缝在内衣口袋里,那是一笔"不动资产",万万不能动的。而半年的学费就是40、50万元日币……都得靠自己打工所得,为了应付开销。海外谋生,打工就是一个谋生手段,全靠自己养活自己。

有人说,上帝总是眷顾两类人,一类是天才,另一类是像小蜜蜂那样不知疲倦的探索者兼坚守者,潘幽燕兼而有之。随后的几年,潘幽燕又去两处打工,其中有一个与她音乐爱好有关,那是日本的一家"妈妈合唱团",潘幽燕为一个"小老太"、一个合唱指挥做助理,打打杂。好在,当年潘幽燕曾在少年宫做过辅导,有点经验。主要工作就是设法帮助合唱团成员如何"提升"音乐水平。成员全是日本人,每次1万,每周四次。潘幽燕说,自己在敬老院等去演唱与老人很有缘,很适合与老人打交道。

潘幽燕又在重庆合唱团帮忙,那里有个小白鸽老师,她叫潘裕礼,曾是少年宫合唱团老师,一个典型的日本人,待人接物很和气。所以,大家称一个大潘,一个小潘,其乐融融。

最后,潘幽燕所在的"日本妈妈合唱团"参加全国比赛,该合唱团第二次获得关东地区优秀奖。关东即城都地方东边,通常指本州以东京、横滨为中心的关东地方。包括东京都、神奈川县、千叶县、埼玉县、茨城县、栃木县、群马县,位于日本列岛中央,为政治、经济、文化中心。至于,关东关西的关,就是分界的意思。

潘幽燕还曾在一处打工,就是宇都宫市与齐齐哈尔市缔结友好城市。宇都宫是栃木县的中心,是去日光的中转站,同时连接 JR 的东北本线,通完仙台,这里以饺子闻名。若以车站为中心,向四周辐射开去的车站附近,还有一个饺子像,专门为饺子立像,绝对是首创吧。煎饺,就是"烧饺子"。当年,于都宫大学大约有 100 名中国留学生学生在工部,不包括宇都宫的语言学校,属教育部。

这时从齐齐哈尔市来了一批"研修生",即来日本务工,由商工会组织的一种纯粹的"劳务输出",不是读书。一般一批 50 人,其中女的 10 人。因为他们初来乍到日本,需要对他们生活上、工作上和需求而进行简单的培训、体检等。潘幽燕于是成了这里的工作人员,那批经简单培训,劳务工便被日本的小老板领走。而潘幽燕一天收入八千到一万之间。专业性不强,日本的商工会也降低成本让潘幽燕做翻译、做服务,却得颇多好评。

那时候,潘幽燕对专业语言也不很熟。有回日方介绍说,"我们宇都宫这地方天灾较少。"可潘幽燕竟翻成了"宇都宫市是一个天才很少的地方"。她想日本人怎么这样谦虚。后来,才知自己的日语差劲。

再有一次,潘幽燕竟睡过头……人家都在巴士上等着开车,她却还在睡觉,发车时间到了,还不见她的影子……待她赶来了,大家很包容,没什么怨言。随后,潘幽燕也特别卖力。

潘幽燕回忆说,"做这类工作,有时还要替他们释放、解决矛盾。反正与语言有关的矛盾,都是自己的工作职责。"比如,有人碰伤,药费是日方企业出,本人也承担一部分。往往这时候有了矛盾,虽然费用很小,研修生也不行,打工的生活很苦,出小部分也不要。潘幽燕就要出面和解,沟通劳务工与雇主之间的矛盾,传达劳务工的诉求。

潘幽燕还说,那些东北人喝了酒很怕人,我怎么对付得了……没办法语言不通,只能由她出面斡旋、调解,也锻炼了她、历练了她。

还有次,在一个音乐会上指挥说那个人不行、长笛不行……潘幽燕只能过去和蔼地去打招呼,让他"轻点"……艺术地、和谐地翻译。虽磨难人,却养成了她的个性。首先不去激化矛盾,就是成功。

接下来的问题是,潘幽燕自己的"就学生"签证到期。若去东京考,交通费很大。而到东京才有奖学金。若考"宇大"，却要明年，因为今年一个声乐教授退休，另一个还不够资格，今年还不能带研究生。这又令她犯难。

这时，有人对她明说。潘幽燕，你只有两条路，一个马上与日本人结婚，二个或先考个学校再转过来……这时，潘幽燕也找了一个新的保人，名叫"石野健二"。

所谓保人，就是日本入管局担心你在没有担保人的情况下，如果在日本触犯了一些法律或其他事情，你无力来承担的话，而这个损失就没人来赔了。所以，赴日打工如果没有担保人，入管局一般是不会给你批签证的。保人一般是指你的法定监护人。日本的入国管理局主要是看你的担保人有没有这个经济实力来承担你留学所发生的费用。如果没有特别要求，所谓的保证人就是你的经费支付人。

潘幽燕说，这保人是个很好一个人，一个唱男中音的老师，教育学部。石野健二听过潘幽燕的歌声，说她是一个"唱高音的天才"。同时保人也对潘幽燕提出三条，一是你必须读书；二是你不能"失踪"，玩人间蒸发；三是不能向他借钱，他自己的房子还是 30 年贷款。

潘幽燕感叹自己，看来搞艺术必须有家底才行。她困惑自己，究竟做企业家好，还是做艺术家好。潘幽燕是被自己逼上梁山的……而潘幽燕此刻最先落实的是签证一事，这才是她头等大事。

好在上苍有眼，眷顾着她。日本友人 TOTO 公司的木村先生帮潘幽燕探路,找到他的同学当时在读东京艺术大学大年级的森朱美的妈妈。森朱美是单亲家庭,她很优秀努力且形象好,留法时嫁了酷爱音乐的日本医生。回国后住东京都麻布区,生有一女一儿。

潘幽燕在一个唱歌剧的艺术沙龙,名称"艺术家的生涯"木村先生的介绍认识她的女儿森朱美。这一名称起源于普契尼的四幕歌剧《艺术家的生涯》又叫《波西米亚人》,故事叙述住在巴黎拉丁区的、梦想成为艺术家的贫穷青年,和造花女工间发生的有欢笑、有眼泪的生活,也是世界上最常演出的歌剧之一。当潘幽燕考入东艺大不久,听森朱美说木村先生去世了。其艺术沙龙,在日本很高的知名度。

那回,潘幽燕曾在木村先生家做客。由于潘幽燕穿着丝袜,地板很滑而摔倒受伤,因而怜爱有加,特别关照她。森朱美妈妈办的沙龙有架三角钢琴,一个教美声的老师。

潘幽燕认为,这才叫有生活品位,有档次。当她知道潘幽燕是唱美声的,便想请潘幽燕一起参加沙龙活动。只是潘幽燕担心路上来往一小时多,又四处打工,实在"分身无术"而无缘参加这个艺术家沙龙的活动。

然而,就是这个日本朋友、一个单亲家庭的女儿森朱美成了潘幽燕的榜样。潘幽燕当时看到她在日本东京艺术大学演出的照片,心中萌发向她一样灿烂,心里羡慕。潘幽燕想着,自己来日本不就是为了实现音乐梦,森朱美令潘幽燕羡慕不已，一定要像她女儿一样光鲜、出色。同时，潘幽燕突然有一种特别地渴望去她的学校看看的欲望。

真的机会有了，那是天意。她朋友女儿森朱美与潘幽燕说，学校有个"学院赛"活动，进行三天。她邀请潘幽燕这个时候过来，届时有吃有玩，还有演出观看。

于是，这天潘幽燕坐上了新干线，见到了她的女儿，年龄与自己相仿。潘幽燕心想，搞艺术的就是不一样，有品位、有气质。心里还有些许的酸酸的敬羡。

新干线是贯通日本全国的高速铁路系统，成为当时世界上最先进的高速铁路系统之一，今天随着北海道新干线开通，日本的新干线网由此几乎覆盖北海道至南部九州岛的整个日本列岛。新干线以"子弹列车"闻名，其稳定运行全靠日本成熟的高铁调控制技术，成为世界上屈指可数的几种适合大量运输的高速铁路系统之一，也是世界上行驶过程较为平稳的列车之一。营运时速为 275 公里/小时的 E2 系，为新干线系列里唯一的双电源制式车辆，中国的 CRH380A/AL 就是在 E2 系的基础上重新设计外观，改款而来。

当初，她女儿森朱美也只认为潘幽燕只是来学校玩，只是满足一个喜欢唱歌的虚荣心而已。那年，她的女儿是个高年级临毕业，低年级同学对她敬重有加，令她有种女皇的感觉。即女性帝皇的威慑，一个"女皇"。虽说，她是一个单亲家庭,却是很有教养。纵然吃东西也是如此之雅。

　　潘幽燕细致地观察她生活中的种种细节,并告诫自己这就是自己的榜样,愿望也更加具体化了。后来,潘幽燕考上东京"艺大"与她同台演出的机会。这是后话。

　　1996年,潘幽燕真的毅然报考东京艺大。她想这既是解决签证问题,同时也是她生计与梦想使然。那回,潘幽燕看看东艺大的招生简章,时间很合适,若考进自己的签证也就有了落实;同时,潘幽燕还作第二手准备,即考东京艺大之际,她参加了一个歌唱比赛,若成功就有机会做"签约歌手",可以有一年的工作签证。这个比赛,就是当时风靡日本NHK举办的"你是第一名"歌唱比赛。那对于一个非专业歌手的一次出彩的机会,那是一个叫鹿沼的地方举行。

　　但是,一个人去东京有点怕,潘幽燕请了一个日本老太太,她的粉丝,陪她乘上新干线,去了东京。潘幽燕首先去了原宿,这个原宿和代官山、涩谷一起被称为是东京街头文化的代表,聚集了很多时尚前卫的店铺和一群追捧"欧美风"的年轻人,所以街头的行人就是一个时尚的载体。

　　正是在这里,成为华裔歌手邓丽君在日本的一个发迹地。更有缘的是,潘幽燕在这里见到铃木女士,一个研究邓丽君的专家,并且还见到了随后相熟的舟木稔先生,就是在纪念邓丽君演唱会上将邓丽君服装借给潘幽燕的那个长者。

这场比赛,潘幽燕不负众望地得了一个奖。按评委的话说,自己一闭上眼睛,听着潘幽燕的歌声,那就活灵活现的邓丽君。很是震撼,仿佛邓丽君再现。这也是一个机会,若签一年是一年,潘幽燕这样想。

有人这样形容说,一个画家写文字,他在文章里没说完的,都在画里;在画里没说完的,都在他的文字里。潘幽燕的歌,就是这个道理,令人浮想、余音绕梁一般。

可以说,潘幽燕的歌声有着冥想的光芒,潘幽燕的冥想正是通过歌声而厚重了许多。艺术家,都有文化的底蕴与支撑,他才能走得更远、更好。潘幽燕就是其中一个,若在歌里没有唱完的,她就把它画进她的画里了。因为,艺术是相通的。

有人说,梅大师的戏,美轮美奂;他的画,堪称温婉如玉。潘幽燕也有点丹青方面的修养,从而多了几分女子的典雅之气。而这次比赛,是潘幽燕第一次闯荡东京,类似国内的"北漂"。然而,那天她去参加录音,由于声音太响,潘幽燕颠来倒去地把耳机一只戴反了也不知道,她进入了"角色"。

潘幽燕说,唱歌要入境,入戏,要忘物、忘我,才能唱好歌,而不是追求或刻意于表面的表演。潘幽燕身体力行地役物,而不是被物役。因为,这是一种艺术境界,一种艺术享受。

当时,三个考官听着潘幽燕的歌,频频点头。不知是和

2008年回母校田家炳中学

着节拍，还是赏识歌手的嗓子……唱罢，主考官问潘幽燕，若你在东京生活费用一个月要多少。

毫无心计的潘幽燕心里这么算，自己4万停车费，每月12万生活费……她便信口而说20万吧，大约。可见，潘幽燕真的没在东京生活过，尚不知东京生活成本有多高，没经验。其实翻倍也未必够开销的。离开之前，那家公司让潘幽燕留下了通讯方式。

潘幽燕现在回忆走来还是颇多感慨，她说自己若签约这家公司，即可出歌唱集的CD；同时，也解决她的签证问题。潘幽燕说，这次演出唱的是邓丽君在日本的名曲《悲しい自由》，演出现场在电视上直播，观众反应热烈，他们纷纷对潘幽燕给予很高的赞许。掌声和欢呼声经久不息，成为她在日本国开启一个歌唱生涯的"潘幽燕时代"，声名鹊起。

　　而当年，正是邓丽君去世一周年，音乐人的星野先生正在亚洲四处巡游，希望能再找到一位类似邓丽君的歌手，在日本推出。当星野哲郎先生和三木看到了潘幽燕的演出后，他当即拍板，认为潘幽燕形象青春靓丽，音质温婉，与邓丽君刚在日本刚出道时颇有几份神似。他希望潘幽燕能与他们公司签约，作他们公司旗下的歌手，由他们公司为其包装，经营潘幽燕在日本的演艺事业。签约期为一年，到期再续。

　　潘幽燕信奉福楼拜的话，"做了一个被艺术占据全部的人"。潘幽燕孤身一人在日本，对日本的舞台和演出程序还很陌生，这个"要约"无疑对潘幽燕来说是一个天大的喜讯……舞台有了，鉴证也有了。她还等什么呢，这不真是她梦寐以求的事。

　　真的，潘幽燕若不是考东京艺术大学大学，有了更大追求。潘幽燕会毫不犹豫，会欢欣鼓舞，兴高采烈的去公司报到，成为真正的职业歌手。

　　然而，这次潘幽燕只能忍痛割爱，鱼和熊掌她无法兼顾。若是这样，潘幽燕将走上另一条路，另一番景象。她的历史也将重新写。因为上帝正为她打开一扇更广宽的门……

5   入学"艺大"

"艺大""东艺大",就是日本东京艺术大学的简称。一个潘幽燕心驰神往地方,也是她一个"再续幽梦"的地方。潘幽燕早早地投入她的怀抱中,而且梦正酣。

东京艺术大学,有美术和音乐的两个院校……堪称神坛中的神坛,顶尖中的顶尖,万人之上的万人之上。有人形象地说,这里还有一座尚在"服役"的红砖瓦楼,为誉"文物级"的建筑了。那是明治时期流传至今的一位"老人家"了,墙体已经斑驳,门窗的铁锈也已经让人们看不出它曾经英俊的模样,但是有多少人就是爱它的这样仿若隔世的沧桑而沉迷它的美。日本的明治时期,相当于我们清朝年代。谁说沧桑不是一种美,美的无法掺假。那才叫做岁月之美,无以复加的人文魅力。

再说日本"艺大"前身,是 1887 年分别创立的东京美术学校和东京音乐学校,1949 年两校合并成为新制东京艺术大学,成为日本超级国际化大学计划主要院校之一,日本国内历史最悠久的艺术类高等学府,也是日本唯一的艺术类国立大学,在日本国内被一致公认为日本最高的艺术家培

在东京艺大图书馆

养学府。

艺大,位于东京都台东区上野公园,是一个培养美术和音乐领域的艺术家的殿堂,一代著名画家、艺术家的摇篮。音乐学部培养了许多著名的作曲家、演奏家、指挥家,美术学部诞生了许多著名的大画家、大艺术家、大建筑家。我国的尊称弘一法师,现当代最著名音乐家、美术教育家、书法家、戏剧活动家,中国话剧开拓者的李叔同,就是在这里求学。回国后,1913年受聘为浙江两级师范学校音乐、图画教师。1915年起兼任南京高等师范学校音乐、图画教师,并谱曲南京大学历史上第一首校歌。

那位曾与陈逸飞合作创作的"金训华"而闻名遐沪上的徐纯中,从中央美院取得硕士学位后,也在这里攻读日本东京艺术大学专攻艺术和东方文物学博士学位。

　　1996 年,那是潘幽燕盼来人生的重要时间拐点。她正式报考东京艺术大学大学院硕士生。考试前数日,潘幽燕与日本朋友早早订好了上野的宾馆;并在考试前一日,潘幽燕和这位叫金広的日本朋友一同来到了上野公园,熟悉路径。

　　潘幽燕用脚步实地丈量从宾馆到学校路程,约 10 来分钟。并心里默认一下考试自由选曲演唱曲目及注意事项等。当晚早早休息,放松心情,准备明天的人生考试。

　　2 月 8 日当晚,东京突降大雪,整个城市笼罩在白雪皑皑之中。用中国的吟雪诗"白雪却嫌春色晚,故穿庭树作飞花"来形容的此时的东京再恰当也没有了。

　　唐代岑参更是边塞诗高手,"长安雪后似春归,积素凝华连曙晖。色借玉珂迷晓骑,光添银烛晃朝衣。西山落月临天仗,北阙晴云捧禁闱。闻道仙郎歌白雪,由来此曲和人稀。"诗词也委婉地道出了作者心绪、心情与心境;同时,也暗合此时此刻此境的潘幽燕,一种无言名状的希冀与梦想。梦想与我有多远,若即若离一般。她心说。

　　翌日,潘幽燕穿着从朋友处借来的日本正规的学生装,一袭平绒暗红色连衣裙,并披上大衣,和朋友一起踏雪进入了日本艺术大学的校园。身后雪地上的两行脚印,清晰可辨。仿佛雪泥鸿爪地记录着潘幽燕来日后,不一样的打工求学、拼搏奋斗的足迹。

1999年秋

　　入学考，先是进行第一项的笔试科目，那是潘幽燕烂熟于心的内容。她已练习反复多次，权作一次"彩排"。试卷发下来，潘幽燕沉静应对，从容撰写应答。

　　文中，潘幽燕写到自己赴日本求学的梦想，以及自己对声乐艺术的理解和追求，潘幽燕更是侃侃而论，由衷地表达自己进入东京艺术大学大学院后的学习方向与努力目标。1小时后，她顺利地完成交卷，完成人生的一个"仪式"。

　　随后，考试是专业声乐科目，是比较重要的考试项目，也是考生显示综合实力的考试。声乐考试是在东京艺术大学第一号音乐厅进行，这也是艺大最大最有历史的音乐厅。那是一堂面试之类的考试，评委老师们坐在距离比较远，光线又暗的地方。

　　潘幽燕回忆说，她在唱歌时看不到评委们的脸，捕捉不

到唱歌的对象，一种无法"对焦"的感觉。而颇有经验的潘幽燕，就对着对面的几个圆形的窗户当作听众，把自己对歌曲的感觉、感受，令歌声声情并茂的演绎出来，她成功了。

规定曲目中，潘幽燕准备的是意大利著名歌剧《弄臣(Rigoletto)》中女主人公的一段吉尔达咏叹调"心爱的名字"。《弄臣》(Rigoletto)是由朱塞佩·威尔第作曲的著名三幕歌剧，与《茶花女》《游唱诗人》并称为威尔第中期的三大杰作。

意大利语剧本由范切斯科·皮亚威基于法国文豪维克多·雨果所作的法语戏剧《国王的弄臣》改编而成，该剧首演于1851年3月11日的威尼斯凤凰剧院。剧中表达情窦初开的吉尔达见到年轻的公爵后的一见钟情、难以忘怀，并在深深的爱恋而魂牵梦萦……潘幽燕用歌声演绎了充满青

1999年3月25日硕士毕业日

春的激情与幻想,身体力行地用心唱着这首歌,完全融入了
"角色"一般……歌名"我亲爱的名字"。

瓜尔第·马尔德

我亲爱的名字铭刻在我心里

我多么爱他

我亲爱的名字啊

你使我的心激动

你使我终日思念爱情和甜美的梦

我的思恋和爱慕都要向你去倾诉

啊

我最亲爱的人

我愿意永远属于你

　　我多么希望向你倾诉我的爱情

　　我最亲爱的人

　　我永远属于你

　　啊

　　永远

　　那是一首潘幽燕在国内时多次演唱的得意之作,因而唱起来轻车熟路,技巧与情绪恰到好处,而且感情饱满,一气呵成。何以解忧,唯有歌声。因为,歌声给她温暖,歌声是她心灵的故乡——她就是潘幽燕。

　　接着,潘幽燕又唱了"自选曲目"中国歌曲《我爱你中国》。那是陈冲主演的电影《海外赤子》的一首经典插曲,创作于1979年,作词为瞿琮,作曲为郑秋枫。尽管歌词质朴无华,却有动人心魄的激情。歌曲将海外游子眷念祖国的无限深情抒发得淋漓尽致。每当唱起这首歌,都能让人的内心体验到一种喷涌而出的激情,令每一个炎黄子孙心中都荡漾着对祖国的崇高之爱,更无瑕疵可言。

　　百灵鸟从蓝天飞过

　　我爱你中国

　　我爱你中国

　　我爱你中国

我爱你春天蓬勃的秧苗

我爱你秋日金黄的硕果

我爱你青松气质

我爱你红梅品格

我爱你家乡的甜蔗

好像乳汁滋润着我的心窝

我爱你中国

我爱你中国

我要把最美的歌儿献给你

我的母亲我的祖国

我爱你中国

我爱你中国

我爱你碧波滚滚的南海

我爱你白雪飘飘的北国

我爱你森林无边

我爱你群山巍峨

我爱你淙淙的小河

荡着清波从我的梦中流过

我爱你中国

我爱你中国

我要把美好的青春献给你

我的母亲我的祖国

啊……我要把美好的青春献给你

我的母亲我的祖国

唱这首歌《我爱你中国》潘幽燕不用酝酿情绪,自己孤身一人来日本多年打拼,千辛与万苦,对祖国、家乡的思念自然而然就在她浑厚高亢的歌声中倾情而出,多少心绪在其中。

再接下来的自由选曲是一个六分钟的连唱,这是潘幽燕和朋友金広多次演练,设计了一段前奏、间奏等全部连起来正好6分钟的连唱,连唱中有宗教歌曲、有意大利名曲,还很讨巧地加进去一首日本歌曲《樱花横丁》,将不同风格的歌曲"混搭"却和谐的演唱出来。充分发挥演唱者的声乐功底和娴熟的技巧运用,可见一斑。冰冻三尺,非一日之寒,那是潘幽燕的一种歌唱实力的使然,着实地过了一把瘾,一个厚积薄发。

随后,进行钢琴课实战考试,潘幽燕硬是没有带乐谱进场,竟是踌躇满志地背着乐谱,弹奏了一曲莫扎特的名曲钢琴独奏的《降B大调行板》,轻松、欢快、活泼,如歌的旋律,随着优雅舒缓的乐曲在她熟练的指法下肆意地流淌……

音乐人傅聪评说莫扎特说,他的音乐是最朴素,最天真,最富有想象力,最有诗意的。因为,莫扎特音乐之伟大不在于技巧艰深难弹,炫人耳目,而在于它单纯、返璞归真,其中又蕴涵着发掘不尽的乐意。堪称"浑然天成，无斧凿痕"。这正是中国艺术所希望达到的最高境界，"大乐必易"，"大音希声"，正如中国艺评的所谓神品、逸品，拙而不巧。

进入角色的潘幽燕，也是很好地把握了莫扎特音乐真谛。齐白石、八大山人的画，弘一大师的字，陶渊明的诗，都达到这种返朴归真的境界，都有一颗赤子之心在跳动的那种浑然天成，圆融无碍。潘幽燕恰到好处地把握这段经典曲目，自己也醉了。

潘幽燕以其精湛的琴艺，得到评委老师们的啧啧赞许。最后，进入面试科目，潘幽燕面试的考官是东艺大的高桥大海和三林辉夫两位日本享有盛誉的声乐家、艺术家。潘幽燕为之深深敬仰。他俩仔细询问了潘幽燕在中国曾学的专业课程，以及赴日留学的进修方向等诸个问题，潘幽燕逐一回答。随即，三林辉夫欣然拿起潘幽燕笔试的答卷，非常赏识地对她说，"你的答卷字迹工整，字体漂亮，全文没有涂抹，是我见过的最整洁、漂亮的案卷之一。"潘幽燕欣慰地笑了，笑得那样的灿烂——那叫实至名归。

考试过后，本是应该紧张、焦虑的等待考试发榜的日子。而此刻的潘幽燕反而一身轻松，如释重负一般。她觉得自己已经尽心尽力努力了，不管结果如何都不留遗憾，而且感觉很好。接下来那是"成事在天，谋事在人"的天意了。

　　那天2月9日,潘幽燕赴东京艺大考试的日子,她记得非常清楚。因为,这天正是她妹妹的生日,所以不用记也会记得很清楚。尤其考试前一天,"忽如一夜春风来,千树万树梨花开"的大雪纷飞,给万木凋零中的东京披上洁白的盛装,使得这天特别地有了人文意义。

　　转眼,一个月后东京艺大的录取通知书来了。幸运得是,一周后唱片公司合同也来了,鉴证问题都迎刃而解了。这就是潘幽燕每每在最困难抉择中,她总是两个幸运一起来。有一种幸福接踵来敲门,而令她鱼与熊不能兼顾的抉择。

　　于是,潘幽燕主动与唱片公司谈,她可以兼职。但是,唱片公司回答她说,不行,住宿、录音全天候,你无法兼顾,必须选择一。潘幽燕只得忍痛割爱。

　　或许,上苍真得有眼,潘幽燕的每一个时间节点,总有两条路相伴而来。考大学时,一个四川音乐学院,一个西南大学都伸出橄榄枝;这回考试,上天又给她两条路……东京艺大、唱片公司,总之机会总给有实力、有准备之人。潘幽燕深信不疑,她就是一个鲜活的样本。

　　细说,3月1日这天东京艺术大学揭榜的日子。这回,潘幽燕是独自一人来到东京,再次进入东京艺大的校园。满眼含翠滴绿,葱绿的灌木、早开的春花,惠风和畅……而潘幽燕却是无暇欣赏,心里半是祷告、半是诚惶诚恐,惬手

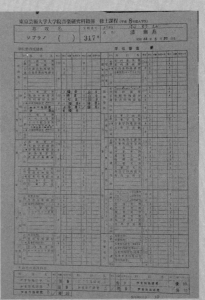

慑脚地来到告示板前,屏气静气,深怕自己的"心慌"而打扰这里的宁静。

有人形容,河里流春水,枝上泛春光,一切都在悄然进行,一切都在默然变化。不知不觉中,春天已经流进了原野,流进了每一株嫩芽,流进了每一朵花蕊,也会流进每一个人的眼里……潘幽燕却在忐忑不安地看到自己号码,显示在被东京艺术大学大学院录取的考生号码榜上,她看了再看,心几乎要跳了出来。真的吗,真的吗……几经确认,自己的号码明确无误地赫然写在榜上。

潘幽燕竟喜极而泣,双手掩脸喜悦的泪水还是渗出她的双手。有点"范进中举"的疯狂与发痴,心中狂叫着,"考进了,考进了。"潘幽燕真的如愿以偿地考进了东京艺大……心里还在怀疑自己是否看错了,令她再次喜极而泣

地莫名大哭起来。

"这是真的吗。"她还在声声自问。这是数年来,潘幽燕在日本打拼后地一个厚报,一切磨难都不值一提。潘幽燕深知,东京艺术大学向来招生标准非常严格,因而对留学生来说,能进东京艺术大学非常不容易。

潘幽燕查过统计,东艺大前一年只招收了一个韩国学生,而潘幽燕报考东京艺术大学的 1996 年,也只招收了潘幽燕一人。次年更没有留学生入学;直到 1998 年才又有一位唱男高音的中国留学生被录取,难度可见一斑。潘幽燕成功跻身东京艺大,与李叔同、徐纯中成了校友。这是荣誉,更是实力的体现。

可以说,潘幽燕再次受幸运女神的眷顾而如愿地考进东京艺术大学音乐学部,攻读硕士研究生课程。缘此师从世界著名女高音歌唱家嶺贞子教授,嶺贞子对学生的要求近乎苛刻,但潘幽燕勤奋、刻苦,每门功课都是上佳之作而不负老师的赞赏,成为老师视为自己最喜爱的中国学生。

1998年,贞子教授为潘幽燕进行了精心辅导,修成正果且以高分通过评审。日本著名音乐家石井好子在授予潘幽燕日本音乐家证书时评价说,"作为一颗灿烂的新星,潘幽燕音色甜美,前程似锦……"成为旅日中国歌唱家中的一个实力派歌唱家,一个佼佼者。潘幽燕哭了,那是一种喜极而泣的眼泪。

正式入学东京艺术大学的潘幽燕,那是她向梦想又前进了一步了,周围的朋友纷纷向她道贺终修正果;同时,捧着刚刚接到的东京艺术大学大学院的录取通知书的潘幽燕,却彷徨了……一边是自己心驰神往的艺术殿堂——东京艺术大学大学院学习深造;一边是梦寐以求的做签约歌手,开演唱会,面向观众演唱,两边都难以割舍。但是,鱼与熊掌不可兼得的潘幽燕,毅然选择进入东京艺术大学院就读声乐专业的硕士研究生。

记者撰文,报道了重庆籍歌唱演员潘幽燕1992年赴日深造,被日本市民称为"百灵鸟"的报道。功夫不负有心人的潘幽燕,连连在日本第6届东映歌曲比赛中,斩获第二名的好名次;并在1996、1997两度在日本的NHK与TBS主办的《你的歌声最美》节目中获"演出奖",并被"日本电视中心"和"读卖新闻中心"联合聘为"中国歌曲讲师"荣誉。1998 年,日本国际文化交流事业财团授予潘幽燕"最佳歌手"的赞誉。日本媒体也曾采访潘幽燕的歌唱生涯。因为是金子,它总会发光。

日本每年都要在日本音乐家的圣殿,东京文化会馆举行"日本新音乐家表彰发表会",全日本最著名的音乐家作为评委,对报名参评比赛者进行遴选,评委们常将外国籍参赛者拒之门外——而勤奋加天份的潘幽燕竟跻身其间而获得奖项,一举成为常把外籍音乐人排斥在外的"日本新音乐家表彰发表会",那是对潘幽燕的一种歌唱实力的认可与肯定。非她莫属。

同年,潘幽燕还在日本安田生命会馆举办首次个人独唱音乐会。有人寄希望潘幽燕,"这个小燕子飞吧,飞得高些,飞到云层上面去欣赏光芒万丈的宇宙。"媒体文中配图,画面是一帧潘幽燕在日本第二届外国留学生演唱会获第一名的参赛场景,一种可人、大气的台风犹见。

那年,共同社报道《中国燕在东瀛呢喃——记旅日歌手潘幽燕》。"在深深的夜晚,在风中折着手中的纸鹤,为见不到的你,带去我的思念……"每个月第三个星期晚上在东京银座的一家音乐厅里都会传出甜美的歌声。这个声音的主人是潘幽燕,一位在日本为数不多的从事演唱艺术的华人。

从小就爱琢磨发声技巧的潘幽燕出生在四川重庆,高

硕士毕业

中时学习理科,大学却进入音乐学院,1992年来到日本后进入东京艺术大学研究生院音乐系。"偶然的机遇往往会改变人生轨道",潘幽燕这样回忆自己的历程。2000年在日本正攻读歌剧的幽燕,打工为一家企业录制广播广告歌曲,这次机遇又改变了她的人生轨道。"那是翻唱井上阳水的一首流行歌曲,《梦中》的中文演唱是我第一次唱这种风格的歌曲,但没想到反响很好",此后幽燕便开始走上专业歌手的道路。

幽燕的歌声也渐渐被日本社会认知,时常参加INHK等日本主流媒体的演出。歌迷组织的后援会也从几十人增加到几百人。现在尝试参加空旷的室外演出、和摇滚乐队组合等各种形式的幽燕说:"正在摸索一个仅属于自己的风格。"去年四川发生大地震后,幽燕和几名在日华人艺术家一起在日本各地举办了义演,现在也经常参加中国国内的一些活动。她说:"希望能成为一只穿梭在中日间的文化交流飞燕"。

研究生毕业后的潘幽燕,为了解和寻求意大利歌剧的真谛,把奖学金、演出费节省下来,想方设法地想自费到意大利、法国、德国拜访名师。东京艺术大学主任教授了解了潘幽燕想游学欧洲后,于是勉励她继续深造,并推荐她为本校"歌剧科"全额奖学金。幸运女神之手,再次向她招手;同时更大的舞台,正在渐行渐近;多少演出合同在等着她……

然而,2011年的一场日本大地震,潘幽燕只得匆匆离境,打道回府,回到"原点"。

6　何去何从

历史不以人的意志为转移。

历史也总是英雄写就的，或者重大事件、历史事件，它们才是历史的主人——2011 年的东京大地震，改变多少人生走向——潘幽燕就是其中的一个。

那就是一场千年一遇，骇人听闻的日本 3.11 大地震，随着灾区的惨状渐渐水落石出，"不会对日本经济造成太大影响"正在逐渐失去说服力。

日本正面临有史以来最高财政赤字，"体力"已严重不支。因此，也有一些悲观论者指出，此次大地震将给日本经济带来致命打击。多震之国日本遭遇了历史上最强烈地震及最强烈海啸，8.8 级的地震引发最高达 10 米的大海啸，瞬间扑向几乎日本全境沿海地区。日本东北地区和关东地区新干线和城铁全线停运，日本全国交通大乱。公共交通瘫痪，全城道路堵塞严重，数不清的人在街道上步行。日本北部震区多处高速公路地面开裂，铁路全部停运，多家机场也被关闭。移动通信也全部中断。

当时，国内国际航线相继停飞或改降其他机场，至少两万旅客滞留机场。全日空公司的 128 个国内航线停飞,日本航空公司也在地震后停飞了从羽田机场起飞的航班。从伦敦、中国上海等地飞往成田机场的国际航班也把降落地点改为关西、中部等其他机场。

尤其,福岛第一核电站机组自动停止运行,用于冷却核反应堆的紧急发电机也全部停止运行,反应堆容器中的气压已达到设计值的 1.5 倍。福岛第二核电站 3 个反应堆的冷却系统出现故障。首相菅直人已发布了"原子能紧急事态宣言"。日本境内人心惶惶。

有人形容,每个月的 11 日看来都是一个可怕的日子,3 月 11 日的日本、9 月 11 日的美国。这几天,日本出现在回国机票一票难求的现象。从地震之日起,东京去中国的机票就全部调整到正常票价,每张都在 15 万以上。而且,潘幽燕了解到从大阪,福冈走的机票都已售罄。

地震毕竟是短暂的,可以修复的;问题是,由地震引发核电站泄漏的"次生灾害",似一把箭悬在头上。若是一旦核能泄漏,那么其影响是不可以估量的,不仅是对地震周围是一次重创,而且对周围的地区,甚至于对周边的海域,国家都会有着不可估量的破坏作用。潘幽燕一再地从电视里除了对灾区的追踪报道,就是密切细致地对核电站的详细分析了。

今天有人作诗,心有余悸。

2003年日本京都

三一一，好糟糕，
那年地震到来了。
津波海浪山样高，
原子辐射泄露掉。
大和人民遭苦难，
美丽東瀛国土焦。

　　撤退，回国。就是潘幽燕的第一选择。家里人电话一次次打过来，虽然演出"合同"在身。有家竟是不能回，心情忒不好，孤独无助，电视里呈现出的情景很不好，四处一片狼藉……

　　潘幽燕说，命也没了，还有什么合同之类。但是，日本人就是诚信顶真,还在坚守合同要约准备随后的演出。日本人的"契约精神"固然可敬。然而,不通人情,一板一眼,还要违约金。

潘幽燕想,人命也没了,契约何用。潘幽燕只能说,我自己担负来回费用,演出前我赶回。好歹如愿可以回国,但是机票订不到。没票,说去机场等,有人不来,让你上。

此刻,徘徊、彷徨、寂寞的潘幽燕,只有耳畔环绕着忧郁歌手陈坤的《空城》,不能自已。迫她再次地回到原点,自问"路在何方。"

　　　　可能是寂寞

　　　　空气变得很稀薄

　　　　满城霓虹开出荒漠

　　　　还为你等着我的心快要死了

　　　　要用什么刺激我魂魄

　　　　太深太多　爱会走火入魔

　　　　任由你　自由的　耗在我苦中作乐

　　　　这城市那么空　这回忆那么凶

　　　　这街道车水马龙　我能和谁相拥

　　　　这眉头那么重　这思念那么浓

　　　　Alone Alone Alone 这感觉我跟从

　　　　这城市那么空　这胸口那么痛

这人海风起云涌　能不能再相逢

这快乐都雷同　这悲伤千万种

Alone Alone Alone 这个我谁能懂

这城市那么空　没有你的空洞

连呼吸带出的风　响得震耳欲聋

我站在黑暗中　心已经跳不动

Alone Alone Alone 再爱也没有用……

潘幽燕曾说,自己尚开垦出一片荒地,播种、收获在即……"小荷才露尖尖角",却要被无情地夭折,成了一支"无花果"。这令潘幽燕有点失落、失望,一种"无可奈何花落去"的惘然。

那天,回家的路上,公共交通只有一条线,没有出租车可叫了。她硬是走了二小时回到家。眼泪都涌了出来,她不甘心啊,却又无法改变现实,这就是生活。

当地政府通知各家各户门窗不要开,不要晒衣服物品水也要蓄了;人却又无法回……她犯迷惑。有人说曲线回国,就是由大阪飞上海,大阪 10 万円单程。她咬咬牙,也要了,快快跨上回家的路。她要休息,心累了。

但是,潘幽燕没有坐过大阪飞往上海的班机。为了走过这条路,便去打听路程、路径。

当潘幽燕开始整理行李箱时,她又纠结了……回去、离开,她应该带什么回……自己竟成一个亡命之徒。这一走,不知何时再回。带什么呢? 潘幽燕竟带上谱子,这是她的精神"导航"。

谱子有这么重要吗? 那回她是含泪的样子,没有了希望。不是演戏,是实实在在的人生。英雄末路的心路历程"丈夫有泪不轻弹,只因未到伤心处"的男人如此;今天,潘幽燕何尝不是。对自己的十余年的留日生涯,无奈地画上一个大大的句号。何时再来,一个未知数。

那些年,潘幽燕还没有什么与众多的华人接触。接触最多的倒是日本朋友,或粉丝。近几年,才缓和多了,一旦有联欢会,气氛相当活跃。有次,在 2013 年举办"中国节"上,一下子冒出了 30 个艺术沙龙、牡丹团、飞鸟团之类的艺术团队;辽宁的,重庆的都冒了出来;什么武术、书法协会也出现了;拉丁舞等团队都纷至沓来,好不热闹。人们开始争"头衔",可以做事方便些。潘幽燕笑着说自己,还是日本的华艺联会理事。

这回,潘幽燕偏安上海,还是一个唯一的选择。上海有她的家,又是养伤、养心、休息的好地方。毕竟,这里是她的家,她第二故乡。令她咀嚼着那样一首歌《故乡的云》,是这样真切。

天边飘过故乡的云,它不停地向我召唤

当身边的微风轻轻吹起,有个声音在对我呼唤

归来吧 归来哟,浪迹天涯的游子

归来吧 归来哟,别再四处飘泊

踏着沉重的脚步,归乡路是那么的漫长

当身边的微风轻轻吹起,吹来故乡泥土的芬芳

归来吧 归来哟,浪迹天涯的游子

归来吧 归来哟,我已厌倦飘泊

我已是满怀疲惫,眼里是酸楚的泪

那故乡的风和故乡的云,为我抹去创痕

我曾经豪情万丈,归来却空空的行囊

那故乡的风和故乡的云,为我抚平创伤

曾经义无反顾地投身歌唱事业,曾经如此自信睥睨人生的潘幽燕,如今何尝不是用她的歌声画出一道人生的弧线。不是悲壮而是如此美丽。"我曾经豪情万丈,归来却空空的行囊;那故乡的风和故乡的云,为我抚平创伤。"

此刻,就是潘幽燕人生旅途中的一个最好诠释与演绎。因为,有时候歌声并不是唱出来,而是来自内心深处的一个怒吼。"我们最不需要在乎的就是,别人看自己的目光;因此,你的注意力应放在心上,脚下,走好自己的路——那是禅境。心若没有栖息的地方,走到哪里都是在流浪。只有执著于亲情,友情,爱情,执著自己的事业;只要是对的,认

2016年维也纳金色大厅

同的就坚持下去,做最好的自己。"

潘幽燕咬咬牙,人生何尝不是一场炼狱,一次"再生"。就是得到成功之前的一个过程。所谓炼狱,即"被造"一个人。

或许,仰望星空的间隔,也要俯瞰大地;或许,你俯瞰大地越久,你仰望的星空也就越加璀璨。此时的潘幽燕正飞临上海,透过舷窗深情地俯瞰大地,却百感交集。

因为,潘幽燕的歌唱事业正走向她人生的拐点。但愿家乡的土地与亲人能安抚潘幽燕的心,重新开创出她的歌唱舞台与演出天地。

第三季

谁人不识君

如果没有遇见你我将会是在哪里

日子过得怎么样人生是否要珍惜

也许认识某一人过着平凡的日子

不知道会不会也有爱情甜如蜜

任时光匆匆流去我只在乎你

心甘情愿感染你的气息

人生几何能够得到知己

失去生命的力量也不可惜

所以我求求你别让我离开你

除了你我不能感到一丝情意

7　一代歌后

邓丽君用歌声演绎了一段华语歌坛传奇,至今继续成为中国现当代流行歌曲的一面旗帜,一个华语流行音乐的代名词。堪称一处标杆与坐标,无有人出其右者。"有华人的地方,就有邓丽君的歌声",令一代又一代华语歌唱者望尘莫及,只能望其项背。

一代歌后的邓丽君,生于 1953 年新春在即的台湾,一个叫云林县褒忠乡的田洋村——这里就是邓丽君一个生于兹、长于兹的地方。继而,这个地名也随邓丽君的歌声一起走进了中国音乐史。

河北省邯郸市的大名县大街镇邓台村,那是邓氏家族的祖籍地,一个发祥地。它地处冀、鲁、豫三省交界的河北省东南部,是三地经济、社会交流的人文枢纽地带。

今天,邓丽君原籍的大名县,乘着美丽乡村建设之际,对邓台村进行了新的规划建设,一个别具特色的"丽君小镇"雏形渐显。包括丽君文化广场、邓氏祖居老宅、日月潭、在水一方、台中街·连心桥、邓氏祖茔、演艺广场,一一成为小镇景点。其中邓台村的每一条街巷均是台湾地名命名,主街道就是"台中街"。临街墙上的文字绘画皆与音乐有关,介绍邓丽君生平事迹及所演唱歌曲。

潘幽燕母亲的祖籍与邓丽君老家同一个村。或许,这也是一种因缘巧合。如今潘幽燕母亲的堂兄,和她母亲的姐姐都在台湾发展,是当时台湾的第一代钢琴人、第一代飞行员。

邓丽君父亲邓枢,是一个行伍出身,早年毕业于黄埔军校第 14 期。广州市黄埔区长洲岛上的"陆军军官学校",多少位卓越将领出自于此,成就中国现代史上重要的历史地位。1949 年邓家人一起随国民党部队撤退来到了台湾。最先,邓氏举家在 1953 年迁往台东县池上乡,次年又迁移至屏东县眷村;1959 年邓家再次移居台北县芦洲市,邓丽君开始就读于台北县芦洲市芦洲国民小学,今天的新北市。

邓丽君是出生于台湾的第二代,在家排行老四,其妈妈是山东泰安市东平县人。可见,家里并没有音乐基因。

然而,豆蔻年华的邓丽君就显露出她对唱歌的天份与悟性,在参加校内外的各种演出活动中,对音乐唱歌极有表现力,天生就是一个"为歌而生"的实力派歌手,气质气场兼具。

天生丽质的邓丽君,早年曾受"九三康乐队"的二胡演奏者李成清的音乐亲炙,且随乐队四处演出,渐次开启了她人生最初的歌唱实践。1963 年"中华电台"全台黄梅调歌唱比赛上，邓丽君以《访英台》一曲而一举击败众多比其年长的选手，获得比赛冠军；1964年邓丽君又代表学校参加全县国语朗读比赛，又获第一名殊荣；1966年的邓丽君，也就是她就读台湾金陵女子中学后的第二年，邓丽君在一次接受台视《艺文夜访》节目的采访中献唱一曲，竟成为邓丽君的首次与听众见面的一个成名之作。

1969年，邓丽君更以台湾电视连续剧《晶晶》而红透宝岛。1970年代，邓丽君再以一曲《千言万语》《海韵》，先后叩开香港及东南亚的唱片市场，进入她的歌唱事业巅峰，开启一个"丽君时代"而声名鹊起。

1974年，邓丽君开始赴日发展，签约日本宝丽多唱片公司。并以《空港》一曲创下总销量超70万张的佳绩，奠定她在日本演艺事业的基础。继而获得日本唱片大奖新人奖，获得1974年度"日本唱片大赏新人歌手赏"，同时获得"新宿音乐祭铜赏""银座音乐祭热演赏"。成为日本昭和时代代表性女歌手之一、塑造华语几代人心目中的女神形象而为人追捧。

然而天妒英才，一代佳人的邓丽君享年仅仅40有2，便去了天国。

当年，其父邓枢以"美丽的竹子"之意，为他这个小女儿取名"邓丽筠"，但因为后来大多数人都将"筠"（音芸）字误念成"君"音，所以顺口就以"邓丽君"为艺名，她的英文名字

2008年3月台湾宝山筠园

则是"Teresa Teng(特丽莎·邓)"。今天的宝岛金宝山的"筠园",成为邓丽君最后的归宿。墓地肃穆,棺盖用的是南非黑色大理石,棺盖上面雕刻的是粉白色的玫瑰花环,中间镶嵌着一张邓丽君的照片,一帧彩色的头像。祭拜者献的鲜花簇拥着头像四周。棺盖后面置放着圣母玛利亚的雕像,那是邓母要求刻上去的,石雕张开双臂保护着她的女儿,写有"邓丽筠,1953—1995"的字样,石雕后面是一排含翠吐绿的松柏。

墓地一侧,另有宋楚瑜的手泽"筠园"镌刻的石头。前方一棵树上挂有许多书着拜谒者凭吊邓丽君挽言的挂牌。然而,这棵树很奇特的地方,就是树干上分三股,三股上再分六股,到树顶,树就犹如一把伞的形状,形似"万民伞"。树上所挂木牌上的挽言,似为万民伞上的赞语。这可能是设计者的匠心，把一棵树变成了"万民树"。设计者还匠心独运地特别设计了一座音符花园，以小灌木排列出音符符号，以象征邓丽君的塑像宛如音乐女神般静静的竖立其中，充分表现出墓主人生前对音乐的执著……

某天，少年时代的潘幽燕就这样被邓丽君"软绵绵"的歌声所击倒，"迷"得不行。潜意识地诱惑与影响着潘幽燕的歌唱风格，甚至人生走向。"走上职业演唱的大舞台，视唱歌为一种精神享受而一生相许，无怨无悔。"——这就是潘幽燕自小就有的一个人生理想与梦想更趋清晰、明朗起来。"我为歌而生。"这不是冲动，是一种自然而然的夙愿，邓丽君就是她的偶像。

试想，还有谁能创造如此奇迹——这位未能在大陆办过一场演唱会且去世 10 多年的歌手，依旧排行榜和总人气榜居首——2008 年由大陆的南方报业传媒和《南方都市报》举办的"改革开放 30 年 30 位风云人物"评选，《新周刊》协同网络、电视、报刊等媒体联手缔造的中国娇子新锐榜揭晓，邓丽君榜上有名；次年，又被评为"新中国 60 年最有影响力文化人物、60 年国家标志人物"之一。邓丽君金曲《但愿人长久》，更是伴随"神舟七号"飞上太空。

或许，这也是对邓丽君歌声的一个身后哀荣吧。

潘幽燕是这样地评价说，邓丽君的魅力除了歌声，还有她谦学、友善、敬业和拼搏精神。更有人过激地说，爱音乐

的人，必听邓丽君的歌，不听邓丽君的歌，不叫"爱音乐"，更称不上"懂音乐"。今天，无论老一代歌星、音乐人，还是新一代歌手，几乎无人不赞赏邓丽君谦和的为人与赏心的歌声。邓丽君是中国人的骄傲，她用歌声演绎了一个"传奇"。

"天生丽质"的邓丽君擅长民歌，当年仅有 14 岁的她就凭着一曲高淳民歌《采红菱》而一炮走红。词曲反映六月的水乡，绵延的河面，姑娘拨开层层碧绿的菱叶，采撷红菱。是一方水土滋养一方文化的高淳，鲜活浓郁的地方特色，蕴含丰富的民间文化资源，犹如烂漫的山花，姹紫嫣红，芳香袭人。有着江南"吴歌"的水灵与秀气而令人陶醉。李白《游高淳丹阳湖》，龟游莲叶上，鸟入芦花里。少妇棹轻舟，歌声逐流水，写的就是这位爱唱民歌的高淳少女。

我们俩划着船儿采红菱呀　采红菱

得呀得郎有心　得呀得妹有情

就好像两角菱　从来不分离呀

我俩一条心

我们俩划着船儿采红菱呀　采红菱

得呀得妹有情　得呀得郎有心

就好像两角菱　也是同日生呀

我俩心相印

划着船儿到湖心呀　你看呀嘿看分明

湖水清呀照双影　就好像两角菱

划着船儿到湖心呀　你看呀嘿看分明

一个你一个我　就好像两角菱

　　邓丽君的歌一般都是通俗浅白,甚至有点"甜腻"。但是,一经由她的灵动演绎,无不带着轻盈的欢喜、纷飞的愁绪,滋养了人们干涸的心田。"她的版本,无论原唱翻唱,汇入流行音乐的涓流,或再现,或改编,绵延出去。由此,承前启后的枢纽,成为跨越年代的符号。"谁说不是呢。她就是邓丽君,无法再造的一个"歌坛盛世",一个歌手传奇。

　　邓丽君唱红的《又见炊烟》《但愿人长久》《在水一方》《夜来香》《何日君再来》《甜蜜蜜》《我只在乎你》……温暖过多少那个岁月的帅男靓女,至今仍是中华民族音乐经典,华语流行歌坛第一位具有国际影响力的歌手,一部中国流行音乐的"教科书"。

"情歌天使"邓丽君,是华人音乐历史中不可替代的巨星,她不仅影响了中国流行音乐的发展,更在文化领域里影响了华人社会;她是一位歌者,也是一个文化符号。

有人分析说,邓丽君的演唱吸取了中国民间歌曲和民间戏曲注重咬字、讲究韵味的表现手法,从而形成了一种委婉动人、清新明丽、优美流畅、富有民族特色的演唱风格。使之,她的嗓音温婉、圆润,很有特色,几乎听不出有任何换气的地方,她可以在没有鼻音的状况下唱出连续的高音。她为创立民族化的声乐艺术做出了贡献,并在国际歌坛为中华民族争得了荣誉。无论颜值、实力还是影响力,都无人能与之媲美的华语殿堂级女歌手。

邓丽君亲切又甜美的笑容,再加上那柔美饱含感情而温暖人心的歌声,过人的语言天赋和努力令她成为 1980 年代的华语乐坛和日本歌坛,乃至东亚的超级巨星,被尊为一代歌后。她拥有无人可仿而美妙动听的嗓音和极富感染力的演唱风格;同时,她善用国语、粤语、闽南语和日、英、法、印尼等众多语言唱歌。

可以说,那是用一种文化形态影响了不止一代人的生活,温暖了数代人的心。"世界上走得最远的是歌手,比歌手走得更远的是歌声,比歌声走得更远的是文化感染力、影

响力。"

　　全国各地自发成立的"君迷会"，年年有纪念演唱会的活动举行，就是一个例子。更有人形容，邓丽君作为20世纪具有代表性的唱法。因为，有一定的戏曲功底的她，其歌声里有着中国戏曲中的润腔，非常注重声的雕琢与字的归韵，所以邓丽君的唱法是集几种唱法于一体的、科学性与艺术性相结合的演唱方法，歌坛少有的一种音乐文化现象。

　　潘幽燕说，"那是邓丽君的演唱魅力，这与她曾演唱黄梅戏及其他地方戏曲和多种语言熟练演唱很有关系，也与她天生的歌唱才能与特质、语言能力和极高的悟性、后天的勤奋诸多因素是密不可分的。"

　　使之，邓丽君的气声、润腔，达到清新、自然。尤其，邓丽君在演唱很多国语歌曲时，呼吸自控自如外运用了中国传统民歌演唱中咬字、吐字的技巧。咬字位置较为靠前,给人以亲切之感。尤其她的咬字、吐字清晰、准确而有韵味儿,这也是一般港台地区歌手不能与之相匹敌的一个重要原因。在处理尾音时,邓丽君运用了既不夸张,也不做作的微小颤音,令人听起来徐缓、悠长而耐人寻味。而且随声音、旋律的流动自然表露,带给人以美的享受。这也许是邓丽君的歌曲百听不厌的另一个原因吧。

潘幽燕最擅长演绎邓丽君的《独上西楼》《甜蜜蜜》《小城故事》《小村之恋》等歌曲,处于一种与邓丽君"似与不似"之间,有着自己的独特的嗓音特点。说她似,是说潘幽燕的歌声韵神如邓丽君一般,难辨谁是谁;说她不似,其歌声又有着自己的独特魅力——这就是潘幽燕的个性化的歌唱特色。

如果说,邓丽君背后就有那么一个默默无闻的男人成就她的歌唱事业;那么,他就是为爱抑郁,终生贫苦,却写出如此暖人心怀的歌词——他就是庄奴。据统计,邓丽君80%广为传唱的歌曲都是由庄奴作词,写出了许多首脍炙人口的好歌《垄上行》《溜溜的她》《冬天里的一把火》《小村之恋》。揽获各类奖项无数……可以说,没有他,就没有邓丽君。

到了中学时代的潘幽燕,对邓丽君的歌更是执迷不悟,"衣带渐宽终不悔,为伊消得人憔悴。"潘幽燕动情地说,"是邓丽君的歌让我改变了人生,心灵有了升华……"

那些年,潘幽燕自小满耳"样板戏"和"红歌"模式……上世纪70年代末还处于"文革"后期,"文化阻隔"还相当封闭。是邓丽君歌声的灌入,令"大陆"这乌云密布的天空打开了一扇窗,清新、自由,人们猝不及防地大口呼吸着这来自彼岸的"新鲜空气",情不自禁地心被"拐卖"一般。为之醉,为之狂,为之颠。是邓丽君用歌声给大陆开了个透气的"天窗",大陆听众第一次听到邓丽君的歌声、第一次知道她的名字。

潘幽燕幸逢其时。有一种歌声叫做温柔,那就是邓丽君柔美的歌声。乍一在耳边响起,人们的心一下子就醉了,仿佛天籁。"原来,歌还可以这样唱,词还可以这样写。那种美妙醉心的感觉,真是用语言无法形容。"令潘幽燕有种幡然醒悟的感觉。

当年,潘幽燕就是这样一而再地抱着录音机,一遍又一遍地偷着听……如痴如醉地让邓丽君的歌声把自己腐蚀、融化。潘幽燕将邓丽君的歌声埋葬自己,又在邓丽君的歌声中获得"新生"。

词作者庄奴,欣赏邓丽君。说她看起来是很温柔雅致,但内心性格是积极向上的,是不以小小成就满足的女孩子。到日本,能够赢得大奖,不仅需要语言、还需要了解文化背景,谈何容易。她这种精神是没有人看到的,这种光环的得来是很不容易的。

虽说,没有庄奴就没有邓丽君;没有邓丽君也就没有庄奴。他们互为英雄相惜。但是,他们却缘悭一面。庄奴曾经仅用5分钟就完成了《甜蜜蜜》,然而庄奴却只见过邓丽君本人一面。庄奴称彼此为"见面无缘,心灵有缘"的朋友。

已经85岁高龄的庄奴曾表示自己内心对邓丽君非常仰慕,他认为邓丽君在演艺界经过很多磨砺,很值得后辈从事演唱事业的人去学习。他说,"我和她没有交往,只记得某年某月,我在某次演唱比赛上见过一个小女孩,现在都记不得了……她后来出名我们都没见过面"。

庄奴坦言虽然邓丽君唱过很多自己写的词,但两人却没有见过面,他幽默一笑,说自己与邓丽君没有缘份,见面无缘,但在心灵上也许有缘。

1979年,邓丽君在给自己心仪的庄奴信中写道:

老师:

在这次的来信中,您谈到一些演唱方面的问题,也谈到录音时应注意的事宜。这些微末的细节您都替我操心,由此可见您和一般的老师不同。虽然您和我并不见面,但是我觉得不见面比常在一起还近。您确实是一位如同父辈的长者。

在舞台上，面对的观众越多，越发地激起我勇于向上奔放的情绪。掌声越多，越叫我要全力以赴地唱好每一首歌。但是在录音间里，却仿佛是一座小小的城堡，将自己孤立了起来，没有掌声，没有喝彩的声音，一切都静悄悄的。当音乐响起，才引发出我的歌声。这时候琴声、歌声、与自己的心声共鸣，好像睡梦初醒，催促着我走进大众。舞台与录音间，都是战场，我要在每次演唱和录音中都去赢得胜利。老师，我这样说，您高兴吗？我很少和旁人谈起演唱的录音的事，而您对我说起这些，使我觉得好像找到了谈心的人……

庄奴名为王景曦，生在 1921 年的北平。他目睹了当年战火纷飞、满目疮痍的中国。1941 年，他在考取中华新闻学院后毅然投笔从戎，奈何身体不佳，不久之后就被转入成都学校上课。虽然抗日救国梦没实现，但庄奴决定重新执笔作词，勉励大家。

2016 年 90 有 5 的庄奴驾鹤仙逝，作品洋洋洒洒三千多篇，被人们称为"和时间赛跑"的词人。他的歌词通俗易懂，写出了千千万万普通人的心声，温暖了一代代的人。

当邓丽君英年早逝、香消玉殒之时。庄奴十分悲恸说，"天妒红颜，这是没办法弥补的遗憾。有些事情你留也留不

住,抓也抓不准,谁知道是什么时候呢?而我只有在日后岁月里怀念她,想念她,往事如烟。"

淡泊名利的庄老,为了感谢妻子对自己的照顾,他写了一首诗给妻子,她将妻子比作手杖,是自己一生的依靠。"你就是我的手杖,生活中不好缺少的手掌,这辈子有了你,才懂得竖起来脊梁,挺起胸膛。"并在 93 岁高龄的庄奴,为了给妻子治病而登上了《中国梦想秀》的舞台,他的一席话让全场人泪奔。"宁可清贫自乐,不可浊富多忧。词人必须要心地纯粹,才能写出温暖人心的歌词。尽管一生潦倒,内心富足就够了。"

庄奴形容自己写了一首打油诗,"半杯苦茶半杯酒,半句歌词写半天;半夜三更两点半,半睡半醒半无眠……"那是作者对自己人生的最好诠释。庄奴说的"我天生就是写歌的,偶然入行,终身如许。"斯人已逝,歌声仍在。

潘幽燕记忆中,第一次听到邓丽君的歌,那年十来岁,尚在上小学的四五年级,偶然在一个同年级同学那里第一次听到了邓丽君的歌,似乎着迷。这种歌声竟如此甜美的无以复加,有了入迷沉醉的感觉。她想,听邓丽君的歌有种"浸润式"的柔婉动人、慰人心田的东西,更多的时候是一种心灵的悸动。那是源于邓丽君善于将歌曲所应表达的情感与自己的声音完美地结合,表现人世间的悲欢离合以及人生的快乐忧愁。

有位"君迷"进入角色地写道,她是一位孤寒的天才,美丽的竹子而被誉为"华人世界二十世纪最具代表性的国际级歌星"。在我们那个时代还没有什么"粉丝"一说,但 40 多岁左右及以上年龄段的大陆,几乎都是她的歌迷,温暖了一代代人。她的歌有一种让人忘记痛苦的甜蜜,她的笑容温柔的让人窒息,她的歌声更是成为一代人的精神慰藉。

在上世纪 70 年代和 80 年代,邓丽君的歌声成为大陆人用歌声触摸世界的精神"通行证"。重温她的音乐,那种安慰与甜美总是静静地温存在你心里的一个角落,不经意地悄悄流出。中国东方歌舞团前团长王昆说,邓丽君把中国传统的民族唱法与西洋唱法有机地结合在一起,独创叹息唱法。成了那一代人的梦中情人,焉能忘却。

其实,邓丽君有着很高的语言天赋,包括普通话、上海话、闽南语、山东话、英语、日语、法语和基础的马来语,她都能信手拈来。她一生中最大的遗憾就是,作为华人她唱遍了全世界,却没有来大陆唱过歌。若是夜幕降临,人们仰望苍穹,似乎还能聆听到邓丽君来自天堂的歌《月亮代表我的心》,她离月亮这么近,近得触手可及,我代表着你的心。

潘幽燕说,那年我们是关着门窗听磁带的那个青涩年代的"靡靡之音"……可以不夸张地说,"她是我们这代人心中唯一的偶像,开心时候唱,不开心的时候也唱,我是听着她的歌声中长大的。"她时常一边听着歌,一边吟唱着,"活学活用"地试着用如泣如诉的"歌吟"手法来演绎邓丽君的歌。《千言万语》《小村之恋》《月亮代表我的心》……心里溢着满满的愉悦,"你问我爱你有多深……"潘幽燕体验邓丽君的"气声"特点,努力在较强的气息支持下唱出……举手投足间,透着邓丽君的雅致与温柔。

最初,潘幽燕在她的舅舅那里,听到不少邓丽君的歌唱磁带,很是投入,成为她去舅舅家的首要事情。一听就不走开了,入迷着了魔。后来,她父亲买了一台录音机,那是一台带收音的录音机。那年,曾是那种神神秘秘的样子。潘幽燕说,那是一边听邓小姐的歌,一边心里被温暖着有对未来美好生活的憧憬,"今天想来真实幼稚。"

当时,一台录音机对于潘幽燕来说,它不只是一个音乐工具,更是成为那一代的文化载体,一种生活方式的改变。

潘幽燕认为,邓丽君的歌声之所以有魅力,就是蕴藏在她那甜蜜的嗓音和极富感染力的演唱中。令潘幽燕惊艳的是,同样一首歌曲,其他歌手演唱平平,可一经她的诠释,便使整个歌曲熠熠生辉,这得益于邓丽君与众不同的独特润腔,那是学不来的个性化演唱特色,一种文化背景的使然。无论演唱日文流行歌曲、欧美流行歌曲、闽南语歌曲,甚至是地方色彩浓厚的黄梅调等而逐渐形成了自己独特的润腔风格——邓式唱腔。

邓丽君也曾经在谈及成功的秘诀时淡淡地说,"我没有什么特别的方法,但是我唱歌的时候把我所有的感情,所有内心的感受,都用我的歌声表达出来了,不管是欢乐也好,寂寞也好,痛苦也好,我只是用歌声来表达的。"这是一个只可意会,无法模仿的歌唱技巧。这才是一种个性魅力,一个综合性的功力,一种学不来的艺术才情与才华。

潘幽燕就是这般投入地听邓丽君的歌长大的,往往是反复听,听反复;常常上午听,下午背出来。《小路》《初恋的地方》《诗意》等是潘幽燕最熟悉的第一首邓丽君的歌。听着听着,唱着唱着,她的歌星梦由此飞翔……潘幽燕梦想着自己上舞台的情景,那应该上有水晶大吊灯,并有个微微发胖的福相长者,开着皇冠车,戴着白手套来接她……如今这些梦,基本在日本——圆梦。

当年,潘幽燕翻唱邓丽君的歌,特别受欢迎。一者,是

潘幽燕的歌喉，二者是借邓丽君的光。无论离情别绪，还是失恋、失落、多愁善感，好像很有生活经历一样。其实，她说，自己唱得很纯粹，心里并没有什么浪花、微澜也没有。可以说没有任何潜意识，也没有对象感，纯粹地模仿而已。就像"我在唱别人的故事一样……只有旋律、韵律，与歌词无关，也与生活无关。"没有功利与刻意，性情而歌，这就是潘幽燕。

读中学的学校曾请来一个专家，批判邓丽君的歌，说她穿着暴露，歌词低俗，等等。如今成了一个笑资而已。说及学唱邓丽君的歌，潘幽燕说，"模仿是学歌的第一步，也是最重要的第一步。"好在她年轻，歌词背的很牛。只要唱歌，那是她一天最快乐的时候，就是纯粹的喜欢，并没有想今后她吃这个饭。唱邓丽君的歌那是她心里潜在的歌，一个心声，歌在我心中。

今天,邓丽君成就华人音乐历史中不可替代的巨星。她留下的作品中,有很多来自古代诗词。与同样来自台湾的女作家琼瑶一样,她的作品名称,不是古诗,就是宋词。她们共同用作品牵手古今而诗意盎然,慰人心怀……令潘幽燕欣喜不已。三年可以出个状元,三十年未必可以出个"腕",出个掷地有声的歌星。

8　唱红香港

2012 年 6 月，一场《邓丽君交响梦》"永远的邓丽君慈善金曲演唱会暨首届邓丽君歌唱大赛（总决赛）"分别在红磡国际都会商场与伊利沙伯体育馆举行。潘幽燕以"歌唱大赛新秀奖冠军"的头衔，唱了《空港》。这是一首邓丽君演绎的日文歌曲，山上路夫作词、猪俣公章作曲、森冈贤一郎编曲，其风格介于流行与传统之间。

> 爱情啊
> 有谁愿意割舍让予
> 但是离别是为了我们俩人好。
> 请回去吧
> 回到那个人身边
> 我一个人独自远行了

这是一首地道的日本演唱风格的情歌，以 20 世纪 70 年代在日本形成趋势。歌曲清丽地描写了恋爱中女子的苦闷心情。盈盈 21 岁的邓丽君，最是青春娇美时，却用丝丝悲凉演绎着一个女孩默默无语离开情人的幽幽思愁……
1974年以单曲形式通过宝丽多唱片发行，在日本销量达到
75万张，并在日本公信榜单曲周榜上停留28周。邓丽君
凭借该曲获得第16届日本唱片大奖"新人奖"，并由此为她
在日本的演艺事业奠定了基础。

潘幽燕以邓丽君哀而不伤，怨而不怒的演唱，展示了女
性的坚贞与坚强，声声动人。潘幽燕进入角色地以第一人
称，唱出自己主动悄悄离开情人，因为那个情人家里有一位
温柔善良的人每天在静静的等待他回家……竟获满堂彩，
尤其是悠扬的琴声再配上她温婉的歌声让人心醉。

如果说，2010年《邓丽君交响梦》是纪念她逝世15周
年的一场演出活动；那么，2015年在香港文化中心音乐厅
举行的香港青年爱乐乐团与香港邓丽君歌迷会联袂演出，
就是一场"永远的邓丽君20周年纪念"歌唱大赛。拥有音
乐厅和大剧院的文化中心，那是香港的一个文化地标，香港
电影节也在这里举行。

这届纪念会，由多名得奖歌手以及200多名爱乐合唱
团团员，共同演绎邓丽君的多首长唱不衰的经典名曲，把观
众带回到时光隧道，共同回味邓丽君那温婉、甜美的歌声。
潘幽燕也被邀请之列。

青年爱乐乐团总监林启晖说，邓丽君的歌声特别美，蕴
含东方女性的温婉情感。她的众多经典名曲具有温柔的诗

意和美感，曲词耐人咀嚼思考，余韵至今犹在。尽管，邓丽君已经离开20年了，但她亲切的笑容和动人的歌声，一直都留在我们记忆的深处，永远也不会忘记。

"邓迷会"宣传推广总监陈升说，此次演唱会是一个慈善活动，所得收入会捐给"希望之声"基金会，希望能让一些低收入家庭的孩子免费做弦乐训练。相信这种音乐的传承，是对老朋友邓丽君最好的怀念。令人们再次重温了邓丽君的经典金曲，缅怀这位曾经在华人社会，乃至整个亚洲极具影响力的著名歌手。其中4位脱颖而出的擅长演唱邓丽君歌曲的歌手，他们是东南亚的苏家玉、日本的潘幽燕、内地的古佳倪，香港的李军悉数到场献唱。

香港演艺中心的李志雄，竭力邀请颇有影响的"日本邓丽君"之誉潘幽燕，赴港参加伊莉莎白体育馆举行邓丽君纪念演唱会做特邀嘉宾。本不是参加比赛，而是作为嘉宾直接参加在体育馆的纪念演唱会。

潘幽燕在日本出道，名声渐起，为誉"日本邓丽君"。她欣然允诺，带着粉丝团从日本赶来香港，在演唱会上献唱一首邓丽君的名曲《谢谢你常记得我》《小村之恋》而惊爆全场。

介绍与组织者，是位曾在香港向闵惠芬学二胡演奏的音乐人武乐群，由他在香港组织一场百多人参赛的《永远的邓丽君20周年纪念香港歌唱大赛》，邀请潘幽燕参加随后进行的永远的邓丽君演唱会。于是,潘幽燕带上九个粉丝,其中两对夫妻,喜孜孜地来到香港捧场。因为,邓丽君曾是在这个体育馆办她出道以来的个人演唱会,也是在这里举办演唱会的第一人。

武乐群曾接待香港演艺中心主席,香港音乐家协会理事长李志雄。李志雄带领艺术团体把演出办到医院、老人院、监狱等各种场所,致力于用演出活动推动艺术走向普罗大众,而获得香港政府颁发的"艺术推广奖"奖杯。他致力于艺术教育与传统艺术的普及,让音乐为社会大众创造福利的同时,亦通过"走出音乐厅"鼓励民众"走进音乐厅"。

来到现场,潘幽燕得知自己也要参赛,说是让潘幽燕过过场。日本的粉丝们,纷纷都劝潘幽燕不要参赛。要去也必须第一或殿后,千万不能居中,要有点"范"的样子。还好,潘幽燕抽了个七号,不是中间。她用一曲日语完美演唱的《空港》《恋人们的神话》,声情并茂而倾倒无数歌迷。潘幽燕唱完了便换了衣服,很是淡定地坐在旁边的茶厅里喝茶,听到那里选手的歌声,并看不到他们。

潘幽燕自忖,这里参赛的每个选手实力相当,谁也不输给谁,唱得都相当像,惟妙惟肖,评委如何判别第一、第二……其中也有反串,尽显女性的妩媚。风情万种的演出现场,人头攒动,热闹非凡。

临近比赛结束,潘幽燕来到舞台后方,观看比赛的"尾声"阶段……会上当场评奖,一个个奖评出,没有她的名字。潘幽燕本想自己做评委,参加体育馆的演唱会即可。不料,最后报出冠军名字,竟有自己……李志雄更是飞奔着告诉她,快快上台……潘幽燕一点儿没想到自己参加比赛,还是冠军。没有兴奋,只是硬是愣着一旁。自己的演出服也换了……只能匆匆就声上台——那是潘幽燕参加那场演唱会的一个参赛花絮。

潘幽燕回忆说,印象中有个"钢伴",是个钢琴演奏天才。他对邓丽君的歌,首首耳熟能详,相当熟悉。潘幽燕也一再地对他说,"你太厉害。"台上唱什么调,他马上跟上。据说他还收集相当多邓丽君唱的日本歌,是一个训练有素的艺术家。

比赛数日后,一台"永远的邓丽君"演唱会,如期在香港进行。一个胖胖的长者,戴着白手套开着皇冠车来接她参加在一个大大的水晶灯下的礼堂举办音乐会……那场演唱会上,指挥是个头发白,像小泽征儿。他多次示意潘幽燕站出来领唱,可她一头雾水,又没有人出来说下,她只能胆怯地小移几步,指挥还是念念有词……她一再往前挪步。旁边一个得奖者,衣着宽宽,几乎遮住了她。又没正眼看她一眼,几份妒忌在里面。

《何日君再来》一曲,潘幽燕独唱了一段。有个叫陈升的艺术总监,是个贵州人,正起劲地替她拍照,令潘幽燕很

2003年《再见横滨》作曲滨圭介

是感动,彼此视为知音。张艳玲是邓丽君香港歌迷会会长,至今非常友好的一个微信友。

2007年、2008年的潘幽燕做了大量唱片,在日本颇具知名度,举办多场演出专场,办了几次巡演,从而培养一批日本粉丝。"日本邓丽君"之誉也由此而起。

因为,潘幽燕留学日本,唱得大多是日本歌。"邓丽君的歌就是有这样的魔力,能带领人们走进真善美的艺术境界"。潘幽燕欣欣然地如是评说自己的偶像。

9　"君迷"歌会

中国的演艺圈诞生过众多"奇迹",而唯有邓丽君堪称一个经得起时间考验的"传奇"式人物。是她成就了华语流行歌坛第一位具国际影响力的歌手,而且她的外形与嗓音也吻合了传统中国女性婉约温柔的特质而备受歌迷追捧。

1950 后、1960 后的人群记忆里,谁没有在某个寂静的房间里静听,一种莫名的沉醉,俨然一场宗教仪式——那是来自海峡那头的靡靡之音——邓丽君的歌。

更有人到中年的"君丝"们一再动容地表示,正是在邓丽君的歌声里,令他们开始懂得了人类自我生产的爱情与亲情、友情和感知柔软、亲切、感性。

因为,歌声除了教化之外,还是如此纯粹的音乐。很多 1970 后、1980 后的人群,是在他们父母的录音机里听着邓丽君的歌曲长大,而邓丽君的歌曲正是他们童年对音乐最原始的文化记忆和培育了他最初的文化基因。

前无古人,后无来者的邓丽君是一个传奇——她演唱的歌曲已经成为世界文化遗产的一部分,她以妙不可言的邓式唱腔和完美的演唱技巧,带领人们走进真善美的艺术

Bye Bye 横浜 (4:19)

Bye Bye 横浜 いいことなんて
Bye Bye 横浜 なかったけれど
Bye Bye 横浜 あなたに逢えた
　　それだけがしあわせ

ユウエン｜Bye Bye 横浜

再见横滨

境界,成为中国流行音乐的"万世师表"。

多少年过去了,歌声依旧、掌声依旧。她的声音,如丝绸般华丽高雅,粼粼闪光;如钻石绽放,其魅力无法抵挡,成为无数华人心中共同的慰藉。人们有理由相信,再过数十年数百年,邓丽君的歌声依然会在世界的某个街角,某个地方响起。人们由衷地难忘她,喜爱她,怀念她。

纵然,香消玉殒 20 年多载后的邓丽君,这个名字依然是一个歌手的荣耀,一个时代记忆。各地成立的"君迷会"就是一个例证,上海、苏州、无锡、南京,甚至深圳、新疆均有"君迷会"在活动。还有邓丽君音乐主题餐厅,成为纪念邓丽君的平台。南京、香港、北京均有此类主题餐厅。

就是那场在香港举办的纪念邓丽君 20 年演唱比赛会后,潘幽燕应邀参加一个无锡"君迷会"活动。其会长陆纯

芳女士就是一个"七零后"，为誉"无锡小邓丽君"。她将传承发扬邓丽君歌曲文化为己任，人称"陆司令"。她是无锡天誉大德文化有限公司艺术总监，江苏省声乐学会理事，自幼被邓丽君的歌声深深陶醉，并由此走上了奇妙的音乐殿堂。

2008年的"陆司令"，跟一群同样喜欢邓丽君志同道合的伙伴们成立了无锡邓丽君歌友会，并担任歌友会会长。成立后，秉持着"爱她（邓丽君）就为她做点事"的愿望，陆纯芳希望为传播邓丽君文化尽一份力，所以经常组织公益活动演出，为慈善事业做出了不小的贡献。

陆纯芳是无锡人，读小学时从录音机里偶然听到了邓丽君的歌，自此就跟着唱，越唱越像。她从美学角度去琢磨邓丽君歌唱的情感形式，体味其根植于中华文化人文内涵

与范敏合影

的演唱精髓,学会了注重用心灵表达歌曲的哲思和神韵。

自从成立君迷会,陆纯芳就给自己定下目标:致力于邓丽君音乐文化的传承,传播邓丽君音乐中的真善美。

会上,还邀请南京君迷会会长范敏。

当范敏得知潘幽燕也来了,于是邀请潘幽燕参加南京纪念邓丽君的演唱活动,暨纪念南京君迷会成立六周年。

在南京828的君迷会南京分会成立6周年纪念活动上,潘幽燕应邀莅会,并上台献唱——

如果没有遇见你

我将会是在哪里

日子过得怎么样

人生是否要珍惜

也许认识某一人

过着平凡的日子

不知道会不会

也有爱情甜如蜜

任时光匆匆流去

我只在乎你

心甘情愿感染你的气息

人生几何

能够得到知己

失去生命的力量也不可惜

所以我求求你

别让我离开你

除了你

我不能感到

一丝丝情意……

　　潘幽燕的歌声，荡气回肠，充分地演绎邓丽君委婉的心绪，传达原唱的心境而与台下互动，掀起一个小高潮。范敏称其歌声出彩太棒。更是以一曲《春天的芭蕾》，"窒息"全场、惊艳观众。

　　还有一家开在中山路上的邓丽君主题餐厅，日本来做纪念邓丽君的片子，也就在这个主题餐厅里进行。其中有

个李家华的，长得小巧玲珑的样子，唱得最好。

潘幽燕介绍说，上海，无锡，武汉，青岛，广州，天津等等都有这样自发的歌迷会组织。日本方面也曾有过，和一些资深君迷取得联系。后来各做各的。北海道，名古屋，东京，大阪各忙各的，还好在日文网站上有大家交流的论坛，所以还是能和自己想接触的日本君迷取得联系。另外日本、香港、新加坡、马来西亚等的歌迷也在这天齐聚，献上对邓丽君小姐的无限思念。

潘幽燕与全国各地多个君迷会有联系，像苏州、深圳、上海，新疆也有。她在香港遇上一个欧阳佩佩开的一家茶室，还放着一台钢琴，时常在这里举行邓丽君小姐的追思会。

上海还有邓丽君的墓地，2003 年一代歌后邓丽君衣冠冢、纪念像在她生前向往的上海落成沪上著名的文化陵

舟木稔先生

园——福寿园。邓丽君衣冠冢埋下的物品主要是邓丽君40岁左右使用过的物品,如衣服、鞋子、耳环、香水等。衣冠冢旁边安放着一座邓丽君的全身塑像。邓丽君五弟邓长禧说,虽然邓丽君没到过上海,但她生前最喜爱的城市是上海。她能讲一口流利的上海话,朋友中上海人也很多,一生演唱过的众多成名金曲中,好多都是上海三四十年代的老歌。邓长禧还说,邓丽君经常让朋友们告诉她关于上海的风土人情,还拿着外滩的照片感叹道,如果去外滩散散步,应该是一件很美的事情。

有个研究邓丽君的权威,他就是日本唱片公司社长舟木稔先生,年至耄耋。1933年生于日本福岛县会津市的舟木稔,在福岛读完高中后,考取了东京的法政大学法律系。因为自幼喜欢古典音乐,最终进了日本宝丽多唱片公司。他从基

础做起，一步步脚踏实地工作，40岁时已经做到了唱片公司负责和外国艺人签约的部长。

有个40岁仙台朋友杨志宽（真智），来自沈阳，太太是日本人，是日本研究邓丽君的专家，他曾2010多次采访过舟木稔先生，详尽舟木先生与邓丽君家属的过往。听说，杨志宽为舟木稔做研究邓丽君的专著。

人们称他是"幕后英雄舟木稔"，一点不为过。其中，还有人向舟木先生详细介绍了一个君迷朋友魏莱同学，他生于中国东北哈尔滨市，如今在河南省洛阳读大学，电脑技术非常棒，做事有热情又细心。

潘幽燕认为，舟木稔看上去像是她的父亲。他为邓丽君活着，有关邓丽君事，都是舟木先生一手搞定。比如潘幽燕参加演出的邓丽君的裙子，也是通过他借给潘幽燕的。

　　日本原金牛宫唱片公司,就是当时邓丽君第二次进军日本歌坛所属的公司。当时,舟木稔在 1970 年代经过重重努力,最终说服邓爸爸把邓丽君推入到日本歌坛的功臣,其唱片公司发行了囊括了所有邓丽君歌的唱片。舟木稔至今从事着与邓丽君相关的事业,自 1973 年至今已经 40 余年,还是邓丽君文教基金会的理事,继续为邓丽君身后事业兢兢业业的工作,不遗余力,一位令潘幽燕敬重的长者。

第四季

踏歌好还乡

你问我爱你有多深

我爱你有几分

我的情也真

我的爱也真

月亮代表我的心

你问我爱你有多深

我爱你有几分

我的情不移

我的爱不变

月亮代表我的心

10　安身立命

2011 年，日本国遭遇到史上最大的一场"地震"，令众多在日侨民均作"鸟兽状"，纷纷攘攘地打点行装，各自远走。

潘幽燕家人也一再地催促她快快回国——日本政府承认，在大地震中受损的福岛第一核电站 2 号机组正在发生"事故"，其高温核燃料有发生"泄漏事故"可能，该核电站的 3 号机组反应堆面临遭遇外部氢气爆炸风险……约有 20 余万人紧急疏散到安全地带，凸显出东日本大地震和核泄漏事故对民众造成的心理伤害。

是年，从未考虑过回国发展的潘幽燕，由此坠入无奈、彷徨、失落之中，一种无以名状的困惑缠绕着她。"我该何去何从。"离开、马上离开，回国、立刻回国……这些词每时每刻地盘旋于潘幽燕的脑海里。

然而，潘幽燕一方面，还舍不得那里已经开始的歌唱生涯，好歹自己创下了一片天地，突然一夜暴风雪袭来，猝不及防将颗粒无收；又一方面，生命安全又无时无刻地提醒她，撤退"打道回府"才是明智的选择。

令潘幽燕心痛不已的是，自己的歌唱事业刚刚开始，只是一个播种期，尚未收割时，人生之旅竟如此地来到她的时间"拐点"，何去何从令她长考不已。因为，不同的选择，将是不同的未来。

潘幽燕原本大学老师，为了理想来到这里以"舍我其谁"的霸气，拥有"不破楼兰终不还"的决心而苦苦奋斗了十余年；如今，却是"无可奈何花落去，似曾相识燕归来。"

试想，人生有几个十年，何况那是她的青春十年，竟无情地被请回国，无法选择地回到她的"原点"，从头再来。是否可以这样说，潘幽燕在日十余年打拼，瞬间成了一纸被时光撕粹的青春拼图，怎能不令她心里无可奈何。究竟衣锦回乡，还是无奈的选择……

这时，潘幽燕突然想起了自己曾演唱过的歌剧《伤逝》

里的一幕——那是改编鲁迅民国时期创作的一部反映五四时期知识分子命运的短篇小说,主人公涓生以哀婉悲愤的内心独白的方式,讲述了他和子君冲破封建势力的重重阻碍,追求婚姻自主建立起了一个温馨的家庭。无望、失望,令她与涓生一样地失落而泪水模糊双眼,只能顾影自怜,令人伤怀。

又是死一般的寂静,

又是冰一样的寒冷,

我的心啊,

被撕裂得阵阵剧痛斑斑伤痕!

也许他是对的,

我们该分开了,

这求生的道路多么酸辛!

涓生啊,我的爱人,

我愿为你把一切担承。

别了,幸福的回忆,少女的痴情。

别了,渴望的理想,心头的美梦。

别了,别了,

天真的爱情,

盲目的牺牲。

　　此刻的潘幽燕,何尝不是。回望十余年,自己曾经轻快的眼泪变的如此沉重。轻快的眼泪,那是少年不识愁滋味的莫名伤感;然而,当一个人能够最深地体会到青春的珍贵与美好时,他的脚步已不再年轻,恍然间踏进了社会世界突然地"加速"而猝不及防,成了沉重的眼泪——那是成长的代价——而大家看到的往往是她光鲜的一面。纵然回国,也是衣锦回乡。

　　其实,日本大地震后的潘幽燕,"燕归巢"竟是一种"虎落平阳"之感。潘幽燕在日本发展的歌唱梦,刚刚开始竟嘎然而止……这就是现实。

　　2011年的潘幽燕,已过了青春易逝的而立之年,生命的阶梯就是这一道道的"坎"而累积起来。她"看电影的时候看得见星星"的年代,已经是一个过去式了。岁月滋润了

2018年在大阪

她的青春,演绎着她的风花雪月的年华;同时,岁月也从中悄悄地溜走了而成了落英无数……"回眸一笑百媚生"的年代,空留一段"情未了"的感慨,不得不听天由命了。这就是现实,不以人的意志为转移。认命不失也是一种选择,生活也一再地告诉她祸福相依的道理,这是无法细说详解的道理,意会即是。

急切回国的潘幽燕,回忆说到自己当时的情景。她只得用了10万日币好歹买到了一张由大阪飞往上海航班的单程机票,还不包括"新干线",有点仓皇的感觉。街头上满眼"大口罩",气氛冷峻。此时,用歌声追逐梦想、用歌声演绎生命的潘幽燕,不得不午夜梦回地坐上前往机场的巴士赶赴机场,搭乘大阪直飞上海的航班……

不管在舞台上,还是在家里唱歌,潘幽燕的眼泪招之即来,但是她在生活中极少失控地泪眼婆娑,那是一种莫名的悲凉一涌再涌地写在她的脸上——试想,潘幽燕在日本的事业刚刚有了起色,从东艺独唱科毕业,星路正红,各类演出邀请也是纷至沓来……却成"过去式"的一场梦。

潘幽燕也曾说,那些年的辉煌与踌躇满志,让多少同行为之羡慕。其实,光鲜背后的她也直说,有多少令人羡慕,也就有多少艰辛与泪水,那是别人是无法体验得到的。比如,潘幽燕每当演出完毕,意犹未尽地舞之蹈之,心怀兴奋甚至激动……

然而,真正当自己一个人晚上赶着路回家,没有人陪伴,又是累、又是饿,却只有一人"扛着",这种滋味谁谙。每回演出回家已是半夜,回到家什么都是凉的。潘幽燕只得苦笑,自嘲自己,这是我自己的选择。尤其,2006年她的先生回国,去深圳工作,女儿长期不在身边。生活就是有这般无奈的苦楚,无法与人语。

此刻,飞机经过3小时的空中航行,缓缓降落于上海虹桥机场,潘幽燕踏上了回家的路……

由于日本一场"大地震",令她曾经的光鲜荡然无存,换来竟是回国后的孤独与无助。壮志未酬的潘幽燕,不由地扪心自问路在何方,"君问归期未有期,巴山夜雨涨秋池。何当共剪西窗烛,却话巴山夜雨时。"

但是,这里不是童年时代的巴城。这里是上海,她的夫家。即所谓"男有家,女有归"。但去莫复问,白云无尽时。

与此同时,回到上海的潘幽燕,深感不适应,除了看电视新闻,无任何的任务与乐趣可言,生活像是"失重"一般。为转移情绪,潘幽燕说自己做了三件事。

首先,潘幽燕参加驾驶证考试,那是考换国内的驾照。

其次,潘幽燕做了第二事就是装修自己的新居。那就是原先居住地的一处复式近300平方米的蓝色港湾58号1802室,一个跃式住宅,18和19楼的"蓝色港湾"——这就是上海,她的家。

再有,潘幽燕过关斩将地考出了高校教师资格证,这就是她所做的第三件事,也是她人生中最重要的一件事之一。

潘幽燕回国为了应聘教师需参加多项证书的考试,这是她的安身立命,也是一种责任。人,事业心要有的;更要有责任心。考教师资格证需要考教育学、教育学方法论概论心理学,再通过教育局面试……只有获得领取资格证,才有资格当高校教师。也就是教师任教的执照。同时,还要达到《普通话水平测试等级标准》二级乙等以上。

期间,2012年5月潘幽燕参加回国高校就职的应聘面试,尤其在一场面试会上,潘幽燕回忆说,那是一群人面试她。先听她唱,再向她提问。主要问潘幽燕关于法国艺术歌曲的特点特色。潘幽燕如数家珍地一一作答,"艺术歌曲是诗人与音乐家的共同创造,一种具有室内乐特质的歌唱体裁。讲究的是诗歌、音乐与伴奏三位一体的整体布局,主要表现人物的内心世界、自然景观,歌曲表现力是非常强的。表现的手段和作曲的技法也非常复杂,伴奏占有重要的位置。"

潘幽燕接着说,在19世纪的很多音乐家开始用浪漫主义时期的大诗人雨果、缪赛等的诗作写歌曲,这种歌曲已经突破了浪漫曲的方正、刻板的曲式风格,创作更加自由。20世纪初是法国艺术歌曲的兴盛时期,柏辽兹是法国艺术歌曲的第一人,代表作是套曲《夏夜》,属于很典型的浪漫派时期的音乐,他与雨果、德拉克诺娃并称法国浪漫主义三杰。

起初,潘幽燕很好奇老师问她这些……后来得知他们请了上音留法专家来主要负责面试潘幽燕,其他老师陪同旁听。而且,那个面试会上,考官能清楚地看到她,然而潘幽燕却无法看清楚他们……心里说不清的酸楚,在这里竟一切"从零开始"地"被选择"。真是时代的"作弄",不以人的意志为转移。总之,回到上海的潘幽燕,可谓五味杂陈,自己读的东京艺大的名校何用。

今天,回忆起这些考试,潘幽燕还是记忆犹新,纵然进了上海师大也是心犹不甘。回到国内,她一无所有。这个所谓的讲师,还是自己拼出来的。考了七门课,很累,这么厚的书,她别无他路。她说。自己还要交三千块钱自费培训,才有个高校教师资格证。还要有什么发表的论文,还有教案等等……她觉得有点烦又无可奈何。这也没办法,教师资格制度是国家对教师实行的一种法定的职业许可制度;教师资格是国家对准备进入教师队伍,从事教育教学工作人员的基本要求。国家实行教师资格制度后,只有具备教师资格(持有国家颁发的教师资格证书)的人,才能被聘任或任命担任教师工作。

回国,意味着什么也没有,纵然你读的国外名校,取的如何如何的奖项,回国就是归零,从头开始。

今天这个讲师,还是潘幽燕自己"过关斩将"般一一考出来的。尤其,电脑考也太辛苦了。没法,潘幽燕住进老师家三天,学习电脑。老师成了闺蜜,她笑称,自己平常用的苹果,考试用老式电脑,操作规程像按电视频道一样。普通话要考,还有教案,公开课等等、等等。潘幽燕硬着头皮用了三年时间,把它们一一考出,其中有一门还没有一次通过。也就是说,这三年,考证是她的头等大事,谢天谢地她总算考出来了。她悻悻然地说,三年,她什么也没干。什么都是白手起家,苦不堪言。好歹,所有考试都考出来了,这才是硬道理。她如释重负。

2016 年,潘幽燕住房搬迁新购置的南方城一处上下复式的住房,装修时把 13 与 14 层的室内上下层的楼梯洞隔断,成了各自为政的空间。由此,上下还各多了一间小屋。上下楼梯可走外面的电梯或上下楼梯,声音被完全阻隔,成

2018年参加台胞活动

了各成体系的二套房。生活起居不再被各种闹声音打扰，潘幽燕有了相对安静的空间。练声、练琴、上课，出行交通也更为便捷。

潘幽燕还把原楼梯洞的空间改造成了一间小文房，放上一套中式桌椅，可以写字，看书，画画……墙上挂几幅名人字画，很是雅致，多了一份书卷气。从中，可以看得出房主人的文化品位与兴趣爱好。

在日本，潘幽燕出版了十多张个人专辑，并第一个获得外籍人士新进音乐家荣誉称号。潘幽燕的学术研究也表现不俗，尤其在中外声乐技巧比较、抒情歌曲的演绎、邓丽君演唱技巧等方面都有独到见解。尤其，2016年7月31日在维也纳金色大厅里，第四届国际艺术节中国大型歌舞《梁祝》正在演出，领衔表演的就是中国女高音歌唱家潘幽燕。

这个节目不仅被评为金奖,潘幽燕还获得了奥地利雪绒花歌唱奖……

匆匆离开日本回国的潘幽燕,一方面在上海师范大学音乐学院潜心任教,将培养有志于声乐的大学生及提高全民族音乐素养作为神圣的职责;一方面有时间就参加各类演出活动,继续她的演唱事业。因为,她的生命里只有歌声。

那年,潘幽燕毕业于西南大学音乐学院声乐专业,获得东京艺术大学硕士学位,曾想赴欧学习歌剧或继续留日攻读博士学位,却应女儿的诞生而成梦……

回国后,潘幽燕为了继续她的歌唱事业一刻没闲。为了安身立命,潘幽燕参加应聘上海师大同时,她还参加了上海开放大学的招聘考试。最终,她选择了上海师范大学音乐学院。如今,潘幽燕用自己的经验与心得传授给后来者。她认为,艺术就是一种献身,若没有这种精神,那么这个人的艺术道路是走不远的,永远只是一份职业,谋生而已,不会成为毕生的事业。若一旦得到邀请演出,潘幽燕还是趋之若鹜。因为歌唱才是她的生命力量。

在上海师大的潘幽燕,为学校音乐学院的专业学生班和院外非专业学生班上课,撰稿编制《抒情歌曲的演绎及实践》《经典歌曲精选与实践》的课程教学大纲,洋洋洒洒近万字。或许,教案本身不失就是一篇论文。它不只是一个纯

粹的教学大纲,还有实践基础在里面。这是一门面对大学文科学生的通识教育选修课,每周 2 个学时,总学时为 32 小时,学分是 2 分。此课程的教学对象主要是音乐专业本科生,旨在通过《经典歌曲精选与实践》课程的学习,以增进学生对经典传统歌曲的了解,使学生在学习歌唱基础和表演学习的同时,继承和传承优秀的传统文化,更加热爱祖国、热爱家乡,提倡热爱生活,娱乐生活。课程设计,可谓苦心经营,言传身教,也算一次音乐转型吧,特别大课多。

潘幽燕如鱼得水地将来自舞台实践的第一手材料与心得体会融入于教材的编制中。她用自己数十舞台经验建议学生学好这门课,首先从歌唱方法入门打好基础,同时使学生熟练掌握身体歌唱表演的各种基本要素。如熟悉了解作品,分析歌曲的旋律特征,掌握好歌曲的节奏,唱好歌曲的高潮部分,抓住歌曲的时代特征,中心思想和主要风格,运用咬字吐字的技巧,歌唱的关键在于情真意切等,为今后进一步学习音乐课程提供技术支持和思想理念的基础。

潘幽燕认真地说,唱歌也要注意抑扬顿挫的艺术技巧,掌握旋律的起伏,气息的吸收,这都关系着歌唱技巧与成功与否。并提醒学生以抒情歌曲为主,按时代顺序学习曲目,练习发声,体验肢体语言与发声的密切关联,说明发声练习及发声器官结构对演唱的重要性;通过哼鸣练习口腔状态及无声练习等,学会呼吸运作巧用劲,掌握基本技巧和各种发声练习曲,达到"以情带字,以字带声,以声带情,字正腔圆",逐渐提升歌唱艺术的歌唱的审美,提高歌曲演唱及表演水平。课程目标,就是通过音乐课堂教学,丰富学生情感体验,培养音乐学习兴趣,提高审美能力,通过体验、模仿、探究、反复练习等综合的过程与方法,基于歌曲的意境学习与歌曲相关的音乐知识,歌唱技能,用歌声自主表达音乐情感的能力,达到"唱会歌、唱好歌、会唱歌"目的。

潘幽燕在其教学大纲中,还细化与分析授课内容的重点、难点,包括歌唱入门及学习计划要求介绍,发声体及科学健康发声用嗓的重要性。通俗易懂地指导学生,要求他们加强呼吸发声的练习,作品实践有《送别》《月之故乡》《思乡曲》《同一首歌》《花非花》。潘幽燕在课程设计中还希望学生用《后来》《雪绒花》等歌曲,来进行无声练习与有声练

习的口腔状态。并对歌曲练习发声音阶反复练习，希望学生们互相观摩个别示范，低音及高音适度扩宽练习。比如英文歌曲《you raise me up》等发声练习稍加技巧夸大音域，增大音量练习，可欣赏体验英文日文歌曲《樱花》《四季歌》《北国之春》等分组练习，不同调歌唱找出问题不足。如《红河谷》《莫斯科郊外的晚上》《摇篮曲》《友谊地久天长》进行呼吸练习，跳音练习，音阶练习及歌曲集体分组个别练习；也可选《我爱你中国》《祝福祖国》等，进行发声技巧演示及演唱时的运用为发表选歌练习，《我的祖国》《难忘今宵》等，要求学生做到发声及歌唱时的结合，歌曲润色处理表现。那是她的心得。

这个学年，潘幽燕还为学生编写了《抒情歌曲的演绎及实践》课程教学大纲，总学时 32 小时，学分为 2 分。这是潘

2018年生日演出

幽燕为音乐学院(师范类)专业大三学生所开设的专业课程。这门课主要以日本抒情歌曲为主要学习内容,对中外抒情歌曲具有典范性的作品和演唱的时代背景以及审美风格等进行分析讲解,并进行示范及演唱实践。希望在准确地把握抒情音乐概念和它在高等艺术教育中的学科定位的基础上,来探讨抒情音乐演唱教学理念,为致力于未来的教师提供一种合理的抒情音乐演唱学习理念和教学资源。

课程要求学生从歌曲的时代背景、地点、内涵的理解,及对风格的掌握、声音气息的运用、韵味演唱、感染力等方面进行实践性地学习,从而学习具有典范性的中外作品中激发和拓展对音乐艺术的兴趣爱好,为进一步学习研究打下基础,促进和提高歌唱艺术的实践增添日本表演魅力。其宗旨就是达到在本课程将结合大量音像资料等,对抒情歌曲的起源、发展及现状作系统的介绍,是以介绍日本风土人情人文地理入门,选日本文部省歌曲为主的歌曲欣赏和学习,是体验日语歌曲发音及演唱实践相结合的课。

本课程要求同学基本了解日本地理环境人文习俗,了解日本特色剧种如歌舞伎、能乐、狂言并作色简介说明。了解作品时代背景、人物等介绍。如耳熟能详的《红蜻蜓》《里的秋》,运用《旅愁》《故乡》等歌曲练习及日本歌曲日文和中文歌词朗读歌曲情景分析解说及分段练习,咬字发音特点示范解说参考资料。尤其,对日文歌曲发声吐字技巧示范解说,歌曲人物时代背景社会影响说明及不同演绎风格观摩学习结合自己的特点结合呼吸控制练习,稍增强力度练习,解说欣赏练习日文歌曲,《四季歌》《北国之春》。

潘幽燕的教学大纲循序渐进,要求学生清晰地呈现每一章或教学单元的教学内容、学习要求、授课形式和课后练习等,学生由此可以准确地了解每一章或教学单元的学习任务,课后根据教学进程的安排,开展学习。主要了解日本历史传统剧目的演变及发展,包括日本歌舞伎、能剧、狂言、演歌、童谣等。

潘幽燕为本课程推荐的参考书目主要是,《日本抒情歌曲大全》以及来自日本的原始资料。通过学生掌握特定领域内基础性、系统性或前沿性的知识为目的的课程类型。该类课程侧重学科领域介绍入门、音像等陈述性知识,命曲目型的学习与掌握。以学生较为独立地发现学习的方法、分析问题、解决问题、掌握问题、注重理解力、模仿力、创造力的培养。实践体验类课程，主要以学生进入与歌曲有关的实际情境，感受作品内容氛围，观摩音像及舞台演唱者的演唱，以及亲身参与实践，获得实践经验为目的的课程类型。该类型课程侧重学生在实践领域现场亲身参与的过程和相关体验的获得。

　　这也是潘幽燕一学年基本教授的两个课程，授课方式均是大课。潘幽燕既觉得上大课吃力，也有成就感，也是一次理论与实践的结合而教学互长的过程。

11　爱心天使

"我在台上唱样板戏时，三岁的潘幽燕天天跟着看，耳濡目染地爱上唱歌。初中时，邓丽君的歌她都会唱。一听就会，记性好，先天条件也好。听得多，那时邓丽君的歌还不能公开唱。她初中喜欢唱，上高中也唱。为不影响别人，躲进厕所唱。她不出去，一门心思唱，刻苦。考音乐学院是她的梦想，她竟梦想成真，应该是她运气好。当时家里没钢琴，她用纸练琴……"那是她母亲回忆自己女儿的一点小花絮，潘幽燕爱好唱歌天赋，或许基因使然。

爱舞台、甚于爱自己的潘幽燕，曾在上海老年大学和开放大学任教，总是通过自己的歌声去感染观众，使老人老有所学，老有所乐。数年来，无论是剧院演出还是到老人病床边演出，她都是真心付出。虽说，生活上有点"丢三落四"的潘幽燕，对自己的每一次演出却是一丝不苟，倾心而为，时常忘了时间与地点，全身心地投入，丝毫不敢怠慢。

或为消防大队，或为军队官兵，潘幽燕总是马不停蹄四

2007年与程志一起

与渡边道代（右）一起

处赶场，并不计报酬……尤其，潘幽燕为病人们演出，给他们送去歌声与关怀而被大家称誉她为"爱心天使"。

潘幽燕言语款款地说，有一家总院设在北京，上海、珠海、通化设有分院的专业致力于癌症治疗、预防、研究、康复、疗养的王振国肿瘤医院，力邀潘幽燕赴其东北的长白山疗养基地，那里好山好水好风景，特别适宜病人休养恢复。

于是，潘幽燕在日本组成演唱团，与民族乐团一起为那里的病人送上音乐与歌声，给他们的生活带来欢乐。

潘幽燕不辞辛苦地为病人演唱，送去关心与爱心，赢得普遍的赞许。潘幽燕视这一演出是她的一份职责与责任。潘幽燕介绍说，这家医院坚持"以人为本，以患者为中心"的服务理念，灵活运用中西医结合冲击疗法等多种治

2007年在西南大学

疗手段,辅以食疗、心理疏导和肿瘤康复文化为一体的新型治疗与康复模式。已形成肿瘤检测、预防、治疗、康复、防复发转移、临终关怀的全程式医疗服务体系,为国内外肿瘤患者提供个性化治疗和人性化服务,满足患者的康复需求。

2006年,潘幽燕应邀从日本赶回重庆参加垫江牡丹节期间,潘幽燕还为老人和孩子们举办的慈善演唱会。"慈祥的白发双亲,熟悉的南北温泉,为什么距离遥不可及,总是在梦里……"

那是一曲由台湾著名词作家、邓丽君"御用词作者"庄奴,欣然为潘幽燕量身订做的《燕子呢喃》,歌中将这位重庆籍旅日女歌唱家14年的酸甜苦辣一一道尽。打工、挨饿……经过14年艰苦打拼,这只勤奋"燕子"优美的"呢喃"

2007年重庆直辖市十周年演出

之声传遍异乡，成为红透日本的新"音乐家"。缘此，家乡媒体加以热情报道。在重庆，潘幽燕与庄奴有过一面之缘。说他听着潘幽燕唱邓丽君的歌，很像邓丽君，并欣然为潘幽燕量身定制写了两首歌。

台湾词坛泰斗的庄奴，与山城有着不解之缘。回到重庆定居的庄奴不顾自己年事已高，继续从事歌词创作。其中有《山城》《三峡》《大足石刻》《钓鱼城》等50余首歌词，这些新作歌颂了祖国的锦绣河山、名胜古迹和民俗风情。"走过那千山和万水，只觉得长江美，壮丽处掀起波澜，温柔处沁人心脾，奥……一辈子和你永相恋，即无怨也无悔。"这是庄奴为《长江美》一曲作的词，多少心绪其中。

当年，庄奴出生在北京，曾经在重庆生活过一段时间，后来去了台湾。多少年后，当他再到重庆时，已几乎找不

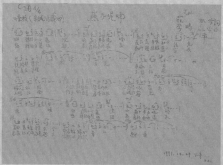

到旧重庆的模样了。而当迎接他的老朋友——重庆市音协主席叶语，陪他坐车经过嘉陵江大桥时，两位老人不约而同地唱起了抗日歌曲《嘉陵江上》，唱着唱着，不觉老泪纵横。

庄奴从事歌词创作40多年，创作出不同风格的歌词3000余首。其中赢得人们喜爱的甚多，例如《小城故事》《甜蜜蜜》《踏浪》《冬天里的一把火》等。庄奴从事多年创作生涯中感悟到，作为一个词作家，应该为社会为人类留下一些艺术感染力强、传之弥久的歌曲。后来，庄奴把主要精力放在歌颂大自然上，《垄上行》就可以看到这一点。

那是如何一种浓得化不开的乡愁。这首悠扬婉转，充满诗情画意的歌曲，曾经风靡大江南北。

从日本赶回家乡演出的潘幽燕说，"这天我是专程从

日本赶来回家乡献歌给家乡父老，我是晚上11时才到江北机场，为了准备今日的演出选曲目、选伴奏、选服装，忙到凌晨……"潘幽燕继续兴奋地说，"那天我是一大早，便起了床，做头发、化妆等，利用中午空档还做了一档电台节目。随后，马不停蹄赶到李家沱的市第一福利院，午饭都没顾上吃……"

下午3时，专场音乐会开始前，潘幽燕的舅妈、阿姨、妹妹等亲人全部赶来，因为平日潘幽燕在日本留学生活，很少见到。潘幽燕妈妈还特意在福利院的花丛中摘了几朵花，亲手扎成一束花在演唱中给女儿献上。

演出正式前，舞台操场里已经坐满了福利院的老人，万人空巷一般。有的坐在轮椅上，簇拥着舞台……潘幽燕款款地走上熟悉的舞台，在演出会上唱了一首耳熟能详的《我

2016年与台湾舞者合影

只在乎你》,台下的老人们都纷纷跟着节奏打起了拍子,与歌手互动……演唱中,潘幽燕还几次下台走向观众,与老人们拥抱握手,将现场气氛推向高潮。一名白发苍苍的老奶奶,还拿起一束鲜花,追着献给潘幽燕。"我是山城妹子,出国后回家乡的时间太少,在国外学习这么多年,希望能多为父老乡亲唱歌。"潘幽燕真诚地对老人们说,并用歌声回报父老乡亲,心里特别感恩。是这里的山山水水滋养着她,成为歌手。

2007年,一场在重庆垫江隆重举行"让感动传递我们的感动,让关爱延续我们的关爱"慈善音乐会,主角就是著名华人歌唱家的潘幽燕。报道称,居住日本的华人歌唱家潘幽燕,在参加了母校西南师大演出后,又赶来她"生于斯、长于斯"的故乡,参加重庆垫江举办的这场"关爱老人健康、构建和谐社会"为主题的大型慈善音乐会。这场旨在倡导关爱老人健康、奉献慈善事业的慈善音乐会,人称"小邓丽君"的潘幽燕以靓丽的歌喉、饱满的热情,赢得了观众的"嗨"声一片,场面爆棚,高潮迭起,舞台上下互动,成了欢乐的海洋。

2008 年,汶川地震发生,潘幽燕积极参加国际支援灾区的义演,不仅将演出收入捐献给灾区,还为灾区募捐善款。潘幽燕联系几名在日华人艺术家一起举办义演,同时潘幽燕也踊跃参加国内的一些慈善演出活动,捐钱慰问困难地区的孩子,向他们伸出她的援手。她说,"希望我能成为一只穿梭在中日间的文化交流飞燕"。那是潘幽燕的一份夙愿。

每当潘幽燕的父亲说及宝贝女儿,说她有爱心。同时也说道,我女儿就是运气好。上西南大学,后上日本东艺,好运气时时眷顾她。"天赋好",成了她父亲的口头禅。他说,那回从重庆回武汉三天,潘幽燕在船上唱了三天,着了迷。小学、中学,她为人处事,没私心,全是在掌声中长大。父亲却又心疼女儿,只顾事业没能好好照顾自己身体。有回,父母在日本探亲期间,父亲为她准备便当带上当午餐用,却"没时间吃,她事业心太强,一天都没吃。"当父亲怎能舍得。结婚之日,潘幽燕自己说,她竟晕倒下去就是这个原因。她太拼命了。家里担心,担心她不要把自己身体搞坏了。

她父亲还欣然地说，古筝非遗演出，希望潘幽燕一起演出，大家特别看好她。当年的重庆音协主席叶语，也是热情专门给她撰文。称潘幽燕为艺术献身，为重庆有这样人才而骄傲。

潘幽燕父亲回忆说，重庆电视台趁潘幽燕回国演出之际，曾为她做了电视专题《初一的早晨》，分五次采访，从机场一路拍，那是对她的认可与赞誉……在日本期间，潘幽燕多次作为留学生代表，参加重要活动，与国家领导人合影。作为父亲很荣幸，并为女儿把当时报上发表的采访文字或照片，他都精心地一一裱在"荣誉簿"上，详实地记载了潘幽燕的星路地图与她的心路物语。

尤其，潘幽燕1996年考进日本最高音乐学府的东京艺术大学音乐研究科硕士班，因为东京房租贵，她起初仍然住在宇都宫。她的每天学习生活是这样开始的，早晨6点出门、坐3小时电车、9点到东京上课。

潘幽燕认为，自己基础比其他人差，中午1小时的休息时间，她用来补习理论知识。下午一般5时下课，6时开始，潘幽燕便在学校琴房里练习钢琴，"两耳不闻窗外事，一心只读圣贤书"的努力，直到凌晨告一段落。这时，从琴房出来的潘幽燕，才饥肠辘辘地想起自己没吃过东西，而回家路上的两旁商店都已打烊谢客——这就是潘幽燕在东京艺

大求学时期的作息表。结果 1.62 米的潘幽燕，瘦得只剩 80 斤。甚至 1999 年回重庆结婚时，她病倒住进西南医院，诊断为严重慢性胃炎。医生说，病因在于她吃饭无规律、太辛苦、精神压力大。

然而，付出总有回报，潘幽燕连续两年获得学校最高奖学金，有了足够学费与生活费，再无需打工。潘幽燕也从宇都宫搬到了东京居住，将节约的时间全投入到学习中。

1999 年，潘幽燕取得东京艺术大学音乐硕士学位。毕业时，一般同学的成绩是"可"或"良"，老师却在她的成绩栏上填上了"秀"。不懂何意的潘幽燕前去询问。老师笑着回答她，这个"秀"就是比"优"还"优"。潘幽燕笑了，笑得如此灿烂。

当年，1986 年的潘幽燕以优异的成绩考取当时的西南师范大学音乐系,多次在各类比赛中获奖,又率先在校内成功举办了独唱会;毕业后,被校长推荐到教育学院做了音乐教师。任课期间,潘幽燕仍然不断在市内外各种比赛中获奖,并于1991年在重庆青年歌手大赛中获一等奖。凭着一摞厚厚的获奖证书,1992年的潘幽燕考进日本宇都宫大学深造……异乡艰苦打拼"精神上的苦楚难以言语。"不懂语言,交流上的痛苦,更没有一个人知道她会唱歌,更不知道她在重庆曾是一名优秀的歌手。她是"每天学习日语,不知道未来干什么,学费又那么贵。"潘幽燕的学费、生活费,全部由她自己打工所攒。为了让自己保持生活的激情,潘幽燕常去参加社会活动,先后指导三个合唱团的发声练习。当地的百姓慢慢熟悉了她,亲切地称她为"小百合"。

更多潘幽燕的粉丝写信给她,称其"歌声素敌"。这是对她最大褒奖,金杯银杯,不如观众口碑。

2005年,潘幽燕在日本影响最大的NHK电视台举行纪念邓丽君的去世十周年专场演唱会,邓丽君生前日本友人舟木稔鼓励指定潘幽燕穿着一件邓丽君生前演出服上台,那是当晚最大的殊荣,仅此一位。被日本电视中心、读卖新闻中心联合聘为中国歌曲讲师;"燕子风"不仅席卷日本,也刮到了台湾,多家媒体纷纷报道潘幽燕的歌唱事业。

在日本音乐家的圣殿、东京文化会馆一年一度举行的"日本新音乐家表彰发表会"上,潘幽燕以出奇的高分通过

ユウ燕様

いつも ありがとう!!

れからも

素敵な

歌声

楽しみに

しています

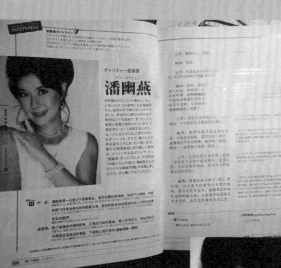

严格的审查。日本著名音乐家、日本法国歌曲协会会长石井好子在为潘幽燕授予"日本音乐家"称号的证书时，激动地说："我看到一颗璀璨的新星诞生，她音色甜美，前程似锦，音乐家的称号应该授予她。"中国驻日本大使馆官员田迪在报纸上撰文贺喜："她的歌声深深打动了在场不同肤色的听众，更深深打动了我们大使馆的官员，我们在场的每一位中国人也因为这一殊荣而激动……"

有人以《旅日华人歌手潘幽燕："中国燕"穿梭在中日之间》为题，"在深深的夜晚，在风中折着手中的纸鹤，为见不到的你，带去我的思念……"（日语歌词的中文译文），每个月第三个星期二晚上在东京東银座的一家音乐厅里都会传出甜美的歌声。这个声音就是来自潘幽燕，一位在日本为数不多的从事演唱艺术的华人。

潘幽燕说起，缘于一个"偶然的机遇往往会改变人生轨道"，2000年在日本正攻读歌剧的潘幽燕，正是为一家企业录制广播广告歌曲，这次机遇又改变了她的人生轨道。她再次回忆说，"那是翻唱井上阳水的一首流行歌曲，《在梦中》是我第一次唱这种风格的歌曲，但没想到反响很好"——此后潘幽燕便开始走上专业歌手的道路。渐渐地潘幽燕的歌迷组织后援会，也从几十人增加到几百人，正尝试参加空旷的室外演出、和摇滚乐队组合等各种形式的潘幽燕说，"我正在摸索一个仅属于自己的风格。"

2006年的《重庆晚报》，曾专题报道旅日歌手回重庆演出，那是继孙燕姿、游鸿明、郭达等明星确定将来渝参加"垫江牡丹节"演出后，重庆籍旅日女歌手潘幽燕也回到故乡，为家乡父老一展歌喉。报道记载，潘幽燕出生于音乐世家，1986年考进西南师范大学音乐学院，师从著名声乐家冯坤贤教授。1992年，这位重庆妹东渡扶桑，1996年考入被称为日本音乐界最高学府的东京艺术大学学习……获得"日本新音乐家"等称号。潘幽燕在现场演唱《我爱你，中国》《折鹤》《与他人在一起》三首歌，其中《折鹤》将献给她的指导老师业已去世的冯坤贤先生。

在日本期间，潘幽燕曾多次参加著名的NHK"歌谣音乐会"，2009年潘幽燕被选为华侨华人文学艺术家联合会常务理事。她到美国、洛杉矶、夏威夷、及中国香港、台湾等

《飞回祖国的凤凰》
旅日歌唱家潘幽燕个人演唱会
将于2015年1月10日(周六)下午14:00
在上海 金海岸演艺大舞台唱响首秀

订票热线：金海岸：55806244
周小姐：13585770112
李先生：18217052752

地参加演出，以及为中国留日学生义演，都受到华侨和留学生的热烈欢迎。2010 年潘幽燕获得香港"第一届邓丽君歌曲比赛"冠军，那是名至实归。日本的一些邓丽君粉丝，直接称潘幽燕"日本邓丽君"。潘幽燕唱的《花非花》《渔光曲》《小城故事多》《青藏高原》《我爱你中国》等华语歌曲时，观众掌声四起。

用音乐传播美好、感动和大爱，就是这位具有世界眼光歌唱家最喜爱的选择——她就是潘幽燕。2011 年，回国以后的潘幽燕相继参加了鄂尔多斯文化艺术节大型音乐会、"飞回祖国的凤凰"个人独唱音乐会、2016 跨年潘幽燕独唱音乐会等。

有一年冬天，特别寒冷，而潘幽燕又患感冒。当她心里惦记着杨浦公园老人合唱团盼望她前去辅导时，潘幽燕不顾病痛,整整花了两个小时从上海师大赶到杨浦公园。潘幽燕知道老人喜欢听京剧,她拜师著名京剧表演艺术家童祥苓、张南云夫妇,用京剧京歌演唱的方式以更贴近更多的老人观众。

12　歌声无疆

回国后的这些年，潘幽燕依旧一如既往地追梦歌唱事业，丝毫没有放弃音乐道路；尽管，坚持音乐并不轻松。回国"阵痛"后的潘幽燕，被特别聘为上海师范大学音乐学院的讲师。校领导对她说，我们学校有能容纳 1000 人的音乐厅，你可以随便用，随便举办音乐会，但是听众就要你自己去请。这是艺术的现实，一个艺术家不但要能够表演艺术，还要亲力亲为各种事宜。而且，做商业演出的很难，靠歌唱养活自己更困难。

纵然如此，从日本回国以来潘幽燕还是执著着她的歌唱生涯。以身相许的潘幽燕，却不敢懈怠，那就是全身心地投入"专专心心唱歌，兢兢业业上课"。认认真真写教学心得文章（论文）。

其间，留学日本的潘幽燕也做过翻译，做过广播节目，而歌唱事业仍是她不改的初衷，因为她早就嫁给了歌唱事业。在学校，除了教学，还要负责很多具体事务，并且还经常要充当翻译。那是原于她在日本学习生活了十余年的积淀，有着丰富的人生历练。回国后，参加学校的一些赴日本活动。她说，那是她举手之劳有意义的"份内事"。

这天,上海师大弦乐队及部分青年声乐教师,应邀参加亚洲青年长崎音乐节中日韩三国大学师生学术交流活动。潘幽燕当仁不让地为他们当翻译。活动中,冯季清教授带队的学术报告团与长崎大学教师合作,论德奥"艺术歌曲与艺术歌曲艺术化——以中国经典歌曲为例",在该校创乐堂为中日韩师生成功地举办了一场讲学音乐会。音乐科班出身的潘幽燕对音乐术语的相当娴熟,事先认真准备翻译十分成功,为讲学音乐会增色、圆满,潘幽燕功不可没。

潘幽燕表示,以前自己会觉得不想做这些,只想做核心部分的音乐,但现在就觉得这是因为自己能够发光发热,虽然奔波于东京和上海,几乎没有休息的时间,用她的话说,非常渴望有一天可以什么都不做而只是阳光下静静地享受"慢生活",似乎这个想法有点奢侈了。因为,她停不下来。

就这样,潘幽燕时常忙碌地往返于中日两国。演唱仍是她的唯一,虽然进入国内大学当老师也是很多艺术家的愿望。但是,她执著地认为,教学是门技术活,唱歌才是一项艺术实践,她更心仪后者。所以潘幽燕尽量地调整不冲突,做到唱歌、教学两不误,而且相当益彰。潘幽燕只要有机会就继续她的追求,为了她所擅长的日语歌不受影响,对此潘幽燕就多多回日本歌唱,继续她的演唱日语歌曲,那是她的爱好与擅长,希望能够两全其美。

2014年,《我和江油有个约会》在市体育中心隆重举

行,分为"春""夏""秋""冬"等篇章来演绎,全方位将诗城江油、工业江油、旅游江油、活力江油演绎到极致。潘幽燕兴致勃勃地应邀上台演唱助兴,用歌声唱出她对家乡、对生活的热爱与憧憬。

　　同年,在日本举行的第 17 届日中卡拉 OK 大奖赛上,潘幽燕作为特约嘉宾,在比赛现场演唱了她的代表曲目。这个大奖赛通过中国人唱日本歌、日本人唱中国歌,加深两国民众之间的艺术交流,增加文化的理解。22 组中日各半的参赛歌手,是从报名参赛的 150 多组参赛者中角逐出的佼佼者。中国歌手范丽莉以一曲《一夜旅店》、日本演唱者细谷宽以一首《爱一个人好难》而双双获得"最优秀奖"。中国驻日本大使馆新闻参赞杨宇应邀致辞,他认为,要唱好外国歌曲,除了演唱实力,还需要对对方国家语言的掌握,对

参加上海西南大学校友会活动

对方国家文化的了解，并对对方国家真正感兴趣。通过唱对方国家的歌曲，学习其语言，来了解对方，这样的活动是非常有意义的。

潘幽燕还应邀参加了她曾住过的栃木县宇都宫市附近的北高根沢中学创校七十周年校庆的嘉宾出演……同时，潘幽燕叫上了东艺大留学时钢伴及作曲最好的美女同学藤原麻纪女士，参加在东京五星级大仓饭店下午两场各90分钟音乐会。随后，潘幽燕参加长崎中日韩音乐会。

近年，潘幽燕在西南大学上海校友会2017年年会上，她演唱了一曲《春天的芭蕾》。演出说明是这样介绍潘幽燕，上海师范大学音乐学院教师，抒情女高音歌唱家。1990年毕业于西南大学音乐学院。1996年荣获日本新进音乐家称号。1999年参加意大利ⅤⅠⅤA声乐比赛荣获最优秀

2017年在日川渝新年会上

奖。1999年取得日本东京艺术大学独唱科硕士学位。
2010年香港首届邓丽君歌曲比赛中荣获冠军。2016年参
加维也纳金色大厅第四届国际艺术节"中国魂"节目荣获金
奖,个人获得奥地利雪绒花歌唱奖。2016年荣获日本文化
功劳奖授奖勋章——这也成了潘幽燕的一张名片。

2018年新年之际,潘幽燕又兴致勃勃地赴日参加在东
京银座NB俱乐部举行的川渝商会新年会。与会者,均是
来自工作在东京的川渝乡贤,他们集结于耀眼生辉、富丽堂
皇的银座大厅,畅叙乡音、感受浓浓乡情。重庆人的大使馆
公使参赞明晓东、总领事王军、全华联会长刘洪友、东京华
助中心代表理事颜安、川渝总商会会长贺乃和、前日本驻重
庆总领事富田昌宏及各侨团会长参加了新年会。年会上,
作为重庆代表的潘幽燕高歌两曲,掌声无数……

今天，回归故里的潘幽燕，为参加多个文艺演出又一次次地来到曾经亲切熟悉的东京，心中几多感慨，一切别来无恙。近期，潘幽燕参加了世界中华太太飞鸟艺术团的活动，潘幽燕应邀以一曲《共筑中国梦》令旧雨新知济济一堂，用歌声祝愿大家新的一年健康美丽幸福吉祥。

人们说，有海水的地方就有中华儿女，而有中华儿女的地方，就有春节。以世界中华太太庆功会与新年会的舞台，来弘扬中华民族传统美德，绽放中国女性善美能量，将女性正能量予以传播，创造拥有和谐家庭，拥有快乐与幸福，是喜悦让我们相聚在一起。那也是潘幽燕的心声。

潘幽燕特别感慨当年在日本发展的点点滴滴——如何一声唏嘘可以了得。那是 1996 年的《新民晚报》作了《嘹亮歌声从"后乐寮"里传出——留日中国学生国庆联欢侧记》为题，报道在日留学生的庆国联欢活动。"五星红旗迎风飘扬，胜利的歌声多么嘹亮，歌唱我们亲爱的祖国，从今走向繁荣富强……"那是由日本东京后乐寮留学生们举办的国庆联欢会，一派欢乐祥和的气氛。300 余名中国留学生及众多日本友好人士齐聚一堂，喜迎国庆。潘幽燕的女高音，尤其是出彩，令人回味，字正腔圆。

同年，《人民日报海外版》报道新华社记者采写生活在日本留学生，举行一场别开生面的春节联欢会。报道曾获得日本国际青年表演特别奖的潘幽燕以一曲《我爱你—中

国》,拉开了晚会序幕。她深情甜美的嗓音,唤起海外游子对祖国的向往与对亲人的思念。

1998年,潘幽燕在第九届在日留学生音乐大赛上,她获得歌唱奖与都仓奖;时任国家副主席胡锦涛访日期间,潘幽燕作为留学生代表参加在中国驻日使馆举行的见面会并合影留念。潘幽燕在日本东京三次参加七夕音乐会,随后接受日本东方时报采访,作了"通往成功的路——记新华人音乐家潘幽燕"图文并茂的专题报道。潘幽燕还参加东京文化馆举办的"音的庭国",演出者均是1997年新音乐家中的优秀音乐家。

潘幽燕被邀参加世界女性和平联合协会,在横滨举行的大型演出活动。尤其,潘幽燕在日本举办音乐会——潘幽燕独唱音乐会,盛况空前。

家人与日本粉丝一起郊游

　　1999年,更是"潘幽燕之年"风生水起。一月在东京艺大音乐厅通过东京艺术大学大学院研究生毕业独唱音乐会审查,受到与会教师的高度评价。二月在东京浜离宫朝日剧场参加现代音乐会,与中国著名演员濮存昕同台演出,她三次谢幕。同时,作为驻日使馆特邀嘉宾的潘幽燕参加春节联欢演出而颇受欢迎。三月以优的成绩获得东京艺大研究生毕业获声乐硕士学位。五月与日本歌唱家同台联袂参加第七回高声会演唱会。六月原中央音乐学院教师关存治夫妇在东京东方园为潘幽燕举办独唱音乐会,日本媒体更是称"在日本诞生的中国音乐家——潘幽燕"。七月潘幽燕在日本文化馆再次公演,朝日新闻周刊为此刊载图文进行评论。

　　每年夏天,东京文化馆举行的新音乐家资格审查考试,这一考试过去与外国人无缘,潘幽燕是第一人。她以出奇的高分而通过严格的审查,终获认可,这是一个厚积薄发。出身音乐世家的潘幽燕,从西南师范大学音乐系毕业后,捷报频传。潘幽燕获得中国首届童声合唱节优秀声乐指导教师奖,日本第六届东映歌曲比赛中获第二名的佳绩,1996年1997年的两次在日本NHK和TBS主办的"你的歌声最美"节目中获奖,1996年在日本国际青年表演比赛中获特别奖,潘幽燕获日本新音乐家称号后的首度公演……

2007年,为庆祝重庆直辖十周年庆祝演出,"全军第一男高音"之称的国家一级演员程志出席,潘幽燕应邀演唱了《新编长江之歌》。潘幽燕带着日本粉丝,成为她的后援团。其中一个粉丝在现场找不到了,原来,他静静地在楼上观众席睡着了,她是满场找……大家都说,潘幽燕人缘好。

回国之后的潘幽燕,继续追梦、潜心于歌曲艺术的研究。那首古色古香的《荒城之月》,就是与日本诗的汉语翻译金中教授交往所得。金中特别欣赏潘幽燕的歌声,说她的嗓音与邓丽君很像,好多人都模仿邓丽君,都不如潘幽燕。他说,潘幽燕母亲与邓丽君家有着亲戚关系,这是她的一个得天独厚的优势。潘幽燕说,他们确是同住一个村上。

文学博士的金中,博才多学,一位神童。1983年获西安市青少年唐诗演诵比赛一等奖,1985年跳级入西安市一中首届少年班,以七年时间读完从小学到高中的十二年课

与金中在一起

程,1989 年被全国少工委评为"中国好少年",保送入西安交通大学外语系。同时,1990 年晋升陕西省围棋业余五段,多次获省市围棋赛冠军。1995 年赴日留学,于东京外国语大学主攻日本古典文学,就学期间先后五次荣获该校"学生表彰"奖项,2006 年获文学博士学位。海归后,任教于母校西安交通大学。现为该校外国语学院教授、博士生导师。

2009 年,陕西人民出版社出版了《金中博士留日诗词集》(包括《与君相爱五千年》《青春现在进行时》《请君贴近我心房》三部曲)。金中还创立了西安交通大学"国学社诗词班",义务辅导大学生诗词创作。2010 年起开设全校诗词创作选修课。2013 年出版《诗词创作原理》《现代诗词评论》(陕西师范大学出版总社)。2014 年出版《日本诗歌翻译论》(北京大学出版社)而入选由陕西省教育厅实施的首批"陕西高校人文英才计划"。中日两国多次作诗词文化讲座及朗诵表演,金中先后多次在东京举办个人专场"汉诗朗诵会"。他致力于诗词的创作、评论、朗诵、国际交流与社会普及,推动中华传统诗词在当代的复兴。

2017 年,潘幽燕再赴西安进行由金中翻译《毕业歌》的日语版演唱录音。潘幽燕介绍说,《毕业歌》原作词者是十九世纪中叶出生于纽约州的一个从事保险行业的业余作词。该乐曲为 6/8 拍,从弱拍进入,具有浓厚的西洋赞美歌风格。后来,这首歌曲在美"销声匿迹",但不知何故传到了日本编入日本文部省所编音乐教材《小学唱歌集第三编》其歌曲《仰げば尊し》(仰之则尊)为其日文版,音乐旋律与原美国歌曲一致,但被人重新填词。当时《毕业歌》汉译本为:

今日分别	也许明天	相聚上帝身边
离开教室	迈步向前	独自游历人间
校园朋友	相识童年	祝愿一如从前
阳光苍天	慈爱家园	但愿最后相见
别了旧屋	老墙四堵	不再欢聚无数
再无圣歌	赞美诗赋	再无早晚重复
只有未来	梦中回顾	真理慈爱幕幕
我们至爱	心中是汝	青青校园处处

别了老师　亲爱同学　再见青青校园

你曾是我　心灵所在　幸福相会地点

双手紧扣　满腹惆怅　泪水浸湿双眼

此时此刻　难舍话别　一声珍重再见。

日本文化研究者的金中重新为其译配《毕业歌》。

仰之弥高钻之弥坚　先生恩重如山

在这熟悉亲切校园　不觉已多少年

回想当初我们入学　真是光阴似箭

现在到了别离时刻　终要说再见

同窗友情和睦亲切　心中是多温暖

不久大家天南海北　永远要记心间

立身治国名扬天下　我们奋勇向前

现在到了别离时刻　终要说再见

青青校舍窗明几净　我们朝夕相伴

映雪囊萤月下读书　我们勤学同甘

火热激情青春岁月　无刻不记心间

现在到了别离时刻　终要说再见。

这是潘幽燕与金中联袂为百年日本经典歌曲完成这项
金中翻译，潘幽燕唱的译配工程。那是明治歌曲"仰げば尊し"的传唱及翻译,获基金项目支持。为 2014 年陕西省教育厅"陕西高校人文英才计划"项目"日本抒情歌曲译配研究"的阶段性成果。

金中介绍说,毕业歌是一首日本明治时期的经典歌曲,最初诞生在 19 世纪的美国。1871 年出版的音乐教材《The Song Echo》(歌曲回声,H. S. Perkins 编,J. L. Peters 出版社)中收录的题为"Song for the Close of School"(毕业歌)之曲是其初始形态。金中翻译如下:

> 我们今日分别也许还能再会,
> 当上帝召唤我们回家。
> 从这间教室我们启程前行,
> 各自踏上漫漫的人生旅程。
>
> 我们在童年岁月里结识的朋友,
> 留在了过去的回忆。
> 但是在"光"与"爱"的国度,
> 我们终将全聚。
>
> 再见了! 古老的教室! 在你里面,
> 再也没有了我们相聚的欢欣,
> 再也没有了清晨的齐唱,

再也听不到黄昏的圣歌。

可是在将来的岁月，
我们会梦见这"爱"与"真"的一幕。
我们最热爱的回忆必定是你
——我们青春岁月的教室。

再见了！我们如此热爱的教室！
再见了！我们亲爱的同学！
将我们的心连为一体的纽带解断了，
在这里，我们曾幸福无间。

我们热烈握手，心中百感交集，
热泪含在每个人眼里。
啊！这真是惜别的时刻，
当同学们说道"再见"。

传说，这首歌曲早先从日本传到台湾地区之后，被填写以"青青校树"为题的如下中文歌词，也曾作为学校的毕业典礼歌曲长期传唱。

青青校树　萋萋庭草　欣沾化雨如膏

笔砚相亲　晨昏欢笑　奈何离别今朝

世路多歧　人海辽阔　扬帆待发清晓

诲我谆谆　南针在抱　仰瞻师道山高

青青校树　灼灼庭花　记取囊萤窗下

琢磨几载　羡君玉就　而今光彩焕发

鹏程万里　才高志大　伫看负起中华

听唱离歌　难舍旧雨　何年重遇天涯

青青校树　烈烈朝阳　宗邦桑梓重光

海陆天空　到处开放　男儿志在四方

民主共和　自由平等　任凭农工兵商

去去建树　前行后继　提携同上康庄

2007那年，作唐诗朗诵表演的金中与演唱家的潘幽燕，他们在东京都日中友好协会主办、在东京文京公民会馆举行"日中友好阳春音乐会"上有缘一识，堪称英雄识英雄，于是有了随后的合作。金中说，这个时候的潘幽燕已做歌手有好几年了。《丝绸之路》就是前些年前的录音。金中作、潘幽燕演唱。

金中认为，丝绸之路是"青春"的代名词。只要有勇往直前的青春的力量，再艰险的道路，我们都可以越过——这

就是金中《丝绸之路》的创作背景。诗中塑造了一个青年的
形象,他既可为历史人物,也可以是当代人。这位青年对于
丝绸之路心怀向往,想亲眼目睹西域的优美风光,从家乡长
安出发踏上征程。在烈日下楼兰古国已化为陈迹,途中遭
遇沙暴,张骞、玄奘的精神激励着这位青年勇往直前,他的
心一直飞到那遥远的地中海和罗马城。人类的进步正是来
自于这自强不息、不断进取的过程。或许,他就是金中原
型。他说,希望这首《丝绸之路》把我对于永远的青春之
路——丝绸古道的感动,对于张骞、法显和玄奘精神的感
动,传递给更多的人——金中如是说。

大漠茫茫　驼铃声悠扬回荡

远方的梦想　隐隐在击鼓

召唤我毅然踏上

这遥远的丝绸之路

西出阳关道　放眼祁连峰

作别我长安故都

神秘的沃土　善舞的民族

域外风光优美似画图

我要亲眼来目睹

烈日骄阳　罗布泊无影无踪

当年古楼兰　久眠在沙土

既然选定理想我知道

要面对无数的艰苦

突起的狂风　灰暗的天空

沙暴狠抽打我体肤

张骞的激情　玄奘的至诚

——在我热血胸中舞

年轻的心决不屈服

旭日又东升　敢问这苍茫大地

啊！何处有坦途

为了心中的梦想

鼓起勇气只管向前

走——我的路

攀越大雪山　跨过乱冰河

憧憬那遥远的国度

蔚蓝地中海　辉煌罗马城

张开双臂迎我放声欢呼

啊！丝绸之路

　　金中作词，潘幽燕演绎的丝绸之路是在 2010 年录的音就是一股正能量，激励着人们砥砺前行，跨入新时代。2018年，金中再出新曲《玄奘西行》。

把长安满城繁华　丢在我身后

趁着夜色　朝向西方　默默在奔走

晚风吹来多清凉　繁星挂天上

我就好像一颗孤独的流星一样

朝廷对我的通缉令　已张贴在城口

前方还挡着疏勒河水流

玉门关五烽把守　想偷渡怎能够

我的心多么担忧

在边关瓜州　有一座古老的庙

我要对弥勒佛像去诉说　再祈祷

为将佛理来寻求众生能得救

我不回头　勇往前走　不到西天决不回头

牵着一匹老瘦马　走在莫贺延碛上

不见飞鸟　没有野草　听不到一丝声响

狂风突然吹过来　变换沙丘的模样

万分闷热　汗在流淌　我多想找到池塘

天空中烈日正当头　死去的人和牲口

就躺在我前后左右

好像无数的妖怪　朝着我扑过来

我的心惊慌颤抖

就在这时候　隐约听有谁在开口

那是观音召唤我莫要担忧　向前走

2005年初次与金中同台演出

将佛理来寻求众生能得救

我不回头　勇往前走　不到西天决不回头

走在悬崖凌山路　寒风吹　冷刺骨

千里冰封黄昏何处宿

看着我身边的随从　接连倒落在半途

我的心满是酸楚

漫天飞雪中　有一片金光闪烁

那是如来的面容指引着我　看着我

为将佛理来寻求众生能得救

我不回头　勇往前走　不到西天决不回头

　　2016年,潘幽燕在上海艺海剧院成功举办跨年独唱音乐会,成为潘幽燕回国之后歌唱事业的一次大检阅。她特意把音乐会体裁分为两大部分,上半场以美声唱法为主,钢琴伴奏请上音留德马文津老师;下半场以大家喜闻乐见的通俗歌曲为主,由民乐队伴奏。

《我爱你中国》一曲气势磅礴的歌曲成为潘幽燕独唱音乐会的开场曲。歌中,潘幽燕以炽烈的感情倾情演唱,获得了观众的热烈掌声——唱出潘幽燕海外生活十多年的真情实感。虽然,她身在海外,却无时无刻的在思念祖国,思念家乡。所以,她唱着首歌怀有特殊的感情。

有人评说,潘幽燕的歌声里,无论中国歌曲《生命的星》《思念》还是《初恋—早春赋》等日本歌曲,犹如吹来了一股清风徐来,特别温柔暖心;若是日语歌,还带来了地道的日本风,给人以轻松愉悦的感观体验。

作为专业歌手的潘幽燕工西洋美声,那才是她的看家本领。比如莫扎特的《哈里路亚》,马斯卡尼的《爱……不爱》,威尔第的《我亲爱的名字》,普契尼的《我亲爱的父亲》《公主,你冰冷的心》等经典艺术歌曲,更是驾轻就熟,凸显潘幽燕扎实的美声唱法功底与功力,完全进入状态,融入了歌剧的剧情中而唱得投入、演得出彩,给观众带来了艺术上的享受。

演唱会进入下半场,潘幽燕演唱她擅长的邓丽君歌曲,得心应手。在日本,潘幽燕正是以演唱邓丽君的歌"出道"而闻名歌坛。比如,2010年香港举行的第一届邓丽君歌曲

国际比赛中,潘幽燕荣获了冠军殊荣。邓丽君的妈妈曾将邓丽君生前穿过的一件浅紫色旗袍,让潘幽燕穿着参加了日本电视台 NHKBS〈日本的歌〉节目举办的《纪念邓丽君小姐仙逝十周年的音乐会》。她的《独上西楼》《我只在乎你》《月亮代表我的心》《空港》《恋人们的神话》等多首邓丽君的歌。一个端庄与秀丽,甜美与清纯,仿佛感到邓丽君又回到了舞台。

最后,音乐会中潘幽燕还演唱了《望月》《烛光里的妈妈》《青藏高原》《春天的芭蕾》等歌曲。其中《烛光里的妈妈》,是她含着眼泪,用心在歌唱。话说 20 多年前,她一个人去日本,离开了家庭,感到像断了线的风筝没有了依靠。现在她又回到了父母身边,感到很温暖很幸福。本场演出气氛热烈,她每唱完一首歌,就有观众接踵献花。中央电视

台《发现之旅》栏目组，也向潘幽燕送了鲜花。观众席中有
批观众特别引人注目，他们都是 60 岁左右的年龄，在聆听
音乐时非常投入。原来他们都是上海老年大学的同学，潘
幽燕曾是他们的声乐老师，今天他们有 60 多位师生来欣赏
了潘幽燕的演出。他们感恩老师的辛勤付出，为她的精彩
演出热烈鼓掌。

2016 年"人间四月天"，西南大学组建 10 周年暨创办
110 周年"琴瑟和鸣颂春晖"校友汇报音乐会在音乐学院演
奏厅开演。音乐学院学生唐宇带来的一曲萨克独奏《回
家》，曾登上央视春晚的 1986 级校友、潘幽燕闺蜜毛见梅演
唱了《you raise me up》；潘幽燕以旅日歌唱家、同为 1986
级校友身份独唱中日双语的《青藏高原》，迎来观众阵阵
掌声。

潘幽燕还见缝插针似的，又随学院教师一起参加在长
崎大学和长崎美术馆举办东亚音乐节，与日、韩艺术家一起
联袂参加东亚音乐研讨会、器乐艺术交流和民族歌曲专题
音乐会。潘幽燕并在长崎大学举办的东亚音乐研讨会上，
介绍中国音乐作品的特点和美感，并与日、韩艺术家进行文
化热烈。日、韩艺术家的单簧管、双簧管、巴松、圆号、钢琴
等器乐独奏，中方压轴登场，展现了中国钢琴作品的精巧和
趣味。在长崎美术馆成功举办的《SONGS·歌》东亚民族
歌曲音乐会上 0，潘幽燕深情表演了四首中国歌曲，精准地

与童自荣合影

呈现中国歌曲的艺术特色。翁怡老师作钢琴伴奏，配合默契。

东亚音乐节已举办多届，促进了中、日、韩高校的艺术交流和师生互访。潘幽燕说，"我院多位教师曾参与演出，期待未来有更多的师生加入音乐文化交流，弘扬中国音乐。"媒体称潘幽燕，率性，亲和，感恩、感谢很多相遇和缘分而一路走来。她在"日本亚洲留学生歌唱比赛"中获得第一名。曾获"日本国际文化交流事业财团"最佳歌手称号，被日本电视中心、读卖新闻中心联合聘为中国歌曲讲师。尤其，甜美的外貌和歌喉，富有亲和力的个性，真诚的人生观和信念，是潘幽燕受到歌迷喜爱的理由。

有一回，潘幽燕唱了段戏曲令人感慨，原先唱歌剧的也能唱戏，而且相当婉转。艺术是相通的。可见，疯子唱戏，傻子听戏,艺术便是疯子与傻子的一场文化游戏,成为人类生活不可或缺的精神文化生活的主要部分。这便有了孔夫子的一句,兴观群怨的感想。人类正着靠着文化的滋润而走向今天,那是艺术的力量,向艺术家致敬。

第五季
歌中何所有

云儿也来问我
恋爱是否快乐
我还不解风情
怎知是否快乐
风儿走远
云儿飘过
只剩下孤独的一个我
心儿里仿佛
失落了一些什么
只剩下孤独的我
风儿若再走来
云儿若再飘过
我要告诉它们
初次尝到寂寞

13　歌剧魅影

"一场恋爱一生梦"，那是潘幽燕歌唱事业数十载的一种贴切形容，堪称一场生命的托付——不是一声"感慨或叹息"可以了得，而是多少心绪、多少心结在其中。

"朝闻道，夕可死矣。"那就是潘幽燕对歌唱艺术的那种忘我的献身精神，成为她的一种精神寄托。她说，最终能够打动观众的并不是演员的一二个光环，而是情怀。因为，只能真正地打动自己，才能感动观众——潘幽燕做到了。那是潘幽燕的一场生命约定，由于每个人都争取一个完满的人生；然而，自古及今、海内外，所谓一个百分之百完满的人生是没有的。其实，不完满的才是人生。

唱歌，业已成为潘幽燕一个无法割舍的情结，以身相许。美声、民族、流行唱法，她均擅长。只是会视不同环境、场合用自己的方式去演唱哪类的歌，那是她对艺术的尊重，也是对自己的一种自重。潘幽燕对演唱环境很挑剔，一般情形她唱的最多的是通俗流行的歌曲，那受众面广，气氛也相对轻松、随和些。而美声则不然，往往有题材、较深沉。"唱这类歌剧，不是每一场聚会都可以唱的。若在社交场合

在龙华寺抄经

唱美声唱法,就像穿着短裆去音乐厅一样,有点滑稽。"潘幽燕对此特别地在意。

"清琴横床、浊酒半壶"那是来自中国第一位"采菊东篱下,悠然见南山"的田园诗人、铮铮铁骨"不为五斗米折腰"而解甲归田的陶渊明诗意。

潘幽燕不善啜酒,但是一旦声乐响起,自是春醪满堂,直教人生死相许。"死生契阔,与子成说"那是潘幽燕对艺术生活的一种苦恋,"执子之手,与子偕老"成为潘幽燕与歌剧的一种自觉相守。潘幽燕的声乐之旅,从本科、到硕士,从"小清新"、到"抒情女高音",西洋美声唱法是潘幽燕的主攻方向,也是她的一生的梦想。青春多情,只要有合适的土壤,它就芳华吐艳,纷乱斑斓。

潘幽燕介绍说,美声唱法区别于其它唱法的最主要不

在日本得了奖

同,说得简单点就是美声唱法是"混合声区"的唱法。狭隘上地说,美声唱法就是使用"假音"与"共鸣"为特征。众所周知,呼吸是歌唱发声的动力,歌唱的基础。所以,美声唱法从声音来说,是真声、假声都用,是真假声按音高比例的需要混合着用的。从共鸣来说,是把歌唱所能用的共鸣腔体都调动起来。比如,中国戏曲的老生,用的是真声;美声中的男声,不像老生那样的唱法,用的是假声;而女声更接近青衣,用真声假声混合的程度,主要区别演唱者在共鸣腔体运用上的差异。

处于 13 世纪中期的欧洲音乐,正在突破"单声部"而进入"复调"音乐时期,声乐演唱也是出现"多声部"的合唱形式。分别由女高音和女低音担任,圣咏旋律则由男高音担任,后来又加入了男低音声部。

　　由于,当时的历史上圣经规定"妇女在教堂中应保持缄默",于是,演唱中的女声部均由男童声代替。这与其同时代的中国戏曲"乾旦"相似,而产生一批享有盛誉的"男小旦"。这些"男童",曾为欧洲声乐艺术的发展奠定了"美声唱法"的基础,一定程度上形成西洋歌剧的产生与走向,也成就了美声唱法的一个黄金时代,功不可没。

　　所谓歌剧,就是一种以歌唱或音乐来交代和演绎剧情的戏剧体裁,它是唱出来而不是说出来的戏剧形式。美声唱法主要包括,歌剧(合唱)、艺术歌曲(独唱)。

　　潘幽燕在日本东艺大读研究生,就是潜心学得是独唱科的艺术歌曲,相对通俗唱法而言,前者正式些、严谨些。那是潘幽燕数十年的歌唱生涯中,西洋歌剧的美声唱法是她的专攻。

　　欧洲之所以将诗歌与音乐的完美联袂而产生一种艺术表现形态的音乐体裁,称为"艺术歌曲"。那是缘于浪漫主义音乐大师舒伯特的作品而确立,从而成为一种独立类型的歌曲种类,成为世界音乐史上一种特定的音乐样式。"这种微妙的艺术用不同于歌剧的方法,令人领会到歌词中戏剧性的内容",一种"不同于民歌的歌曲"。可以说,歌典之王的舒伯特就是艺术歌曲,艺术歌曲就是舒伯特。不会产生歧义。

　　同时,舒柏特歌曲中的钢琴伴奏,也具有很高的艺术价值。舒柏特将钢琴的艺术表现力发挥到极致,令歌曲的词、曲、伴奏三者有机结合,使诗意和情景完美交融,极大地增加了歌曲与音乐的艺术表现力。可见,艺术歌曲的钢琴伴奏和音乐旋律,体现出作曲家的审美意识和技术水准,形成艺术歌曲的演唱与钢琴伴奏天衣无缝。

16 世纪、17 世纪初的意大利,是最先指称这种"演唱风格"而演化成这种"唱法";同时,赋予音质明亮、丰富、圆润而又具有金属色彩的定义——它就是艺术歌曲。潘幽燕认真说,在我们唱歌的时候,有些人以为只要声音浑厚、雄壮那就是美声。其实不然,美声唱法侧重演唱"技巧",而其它唱法往往是一种"原生态"的唱法。只有寻找到合乎自己嗓音条件的科学的歌唱方法,才是"正道"。

潘幽燕强调说,歌唱需要有意识地强力吸气,达到腰部的丹田,以形成此时的声音浑厚通透。发声时,气息从丹田发出,音域越高,气息越往下沉,这时的声音与气息形成了一种对抗,而正是这种对抗,直托着声音向上走。同时,口型及声形的竖立,充分得到了咽腔、口腔、鼻腔和头腔等腔体的共鸣,令声音音色变得丰富并且极富穿透力,使之音色圆润且富有美感,与平时说话的声音或其他唱腔的发声方法区别开来。

2000 年,硕士生独唱科毕业的潘幽燕,曾想自费赴欧洲深造,希冀有机会更多地出入欧洲剧院,寻找演唱歌剧的真谛……然而,潘幽燕这年竟发觉自己有孕了,只得放弃留学欧洲的打算。就在此时,潘幽燕看到有个唱歌剧的竞聘启示,潘幽燕欣然报名。那是一个合唱团,向社会选聘贝多芳《第九交响曲》第四乐章的一个"女高音"领唱位置……考试这天,前来应聘的人特别的多,参赛人数约有百人。

潘幽燕回忆说,大家很公正,唱的是德语。潘幽燕说自己是使出浑身解数,特别地拼。随后几天,潘幽燕虔诚却又忐忑不安地等待消息……结果潘幽燕被选上了,那是荣耀。那是潘幽燕毕业后的一个大胜,也是对她上课全勤,功课好的一个犒赏而令她笑逐颜开。

潘幽燕还兴奋地回忆说,自己参赛中唱了一曲《水磨房之歌》,评委给了一个秀。秀比优还好。她说,"这次我居然把这个女高音拿下。"这次竞聘成功激励潘幽燕向前冲,一种非我莫属的骄傲,"当时,应试者中只有我一个外国人,又没学过德语。我硬是背下全部歌词,竟勇拔头筹。"那是勇气,更是潘幽燕歌唱才能的一个使然。

机会总给有准备之人,潘幽燕就是一个鲜活的例子。"那是我不擅长的德文,好在东艺大有德文发音指导德国人老师,我死记硬背、一句一句地背了下来。"当时,也有考官曾问她以前(日本或中国)担任过贝多芬第九交响乐曲女高音演唱吗。她回答没有,只是希望通过选拔赛有机会担任贝多芬第九的女高音领唱。潘幽燕说,"我期待在日本唱完整的贝多芬第九乐章,希望给我有此机会。"这是潘幽燕的心声。

《水磨坊之歌》是奥地利早期浪漫主义音乐代表舒伯特的作品,他的艺术歌曲精致,具有鲜明的个性和质朴的民风,处处闪烁着作曲家的才气和智慧,被人们冠以"艺术歌曲之王"的美誉,那是名至实归。那部舒伯特为德国浪漫主义诗人缪勒的同名长诗而谱写的声乐套曲,成为诗与乐的合成典范。《春之声》独唱曲参加了室内弦乐团演出近9分钟的德文艺术歌曲是集诗歌、曲调和伴奏于一体,令古老的德国艺术歌曲焕发出新的生命,达到一种全新的境界。它不仅是舒伯特自己的经历和内心真实情感的写照,更是他对艺术歌曲的热爱和执著追求的更高形式上的成果,成为艺术歌曲这一体裁的发轫之作。

贝多芬的《第九交响曲》一共四个乐章,又名《合唱交响曲》,是维也纳古典乐派代表人物、为誉近现代德国最伟大作曲家的一个惊世杰作。贝多芬,出生于莱茵河畔波恩城的一个音乐世家,他的《第九交响曲》和《欢乐颂》,更是成为久盛不衰的经典歌剧作品,成为人类历史长河中永远不灭的自由、和平之明灯,更是成就他在世界交响乐史上的最高成就。

尤其,精彩的"第四乐章",是整部作品中的精髓……木管缓缓地引出了"欢乐颂"的主题音乐,好像一缕缕阳光突

1999年年末，贝多芬第九交响乐领唱

破浓密的云层洒向大地，令整个欢乐主题渐渐拉开序幕；继而大提琴与低音提琴奏，中提琴小提琴与大管等乐器，纷纷奏响……这就是贝多芬的音乐王国，美轮美奂。随后，人声部分渐渐响起，开始了《欢乐颂》的吟唱。继而，乐队奏出了多重赋格，将乐曲推向一个高峰。其中，合唱部分闪现出的《欢乐颂》与《工人们团结起来》旋律，成就整个乐曲最后的璀璨与辉煌。贝多芬的第九交响乐在日本上演了百年，日本人对此情有独钟，非常敬仰此作品。

第四乐章，可单独占据一个轨道，也有一些唱片把序奏部分和人声独唱、重唱、合唱部分分为两轨，但其实上两者都属于第四乐章这个整体。人声部分所演唱的正是德国诗人席勒的诗作《欢乐颂》，唱出了近代欧洲的人们对自由、平等、博爱的民主精神热望。1972年，《欢乐颂》的音乐被采用为当时的欧洲共同体(现欧盟)之歌,1985 年则成为欧盟盟歌,也成就了贝多芬作曲生涯的一个巅峰,一处交响乐标杆。

> 欢乐女神,圣洁美丽
>
> 灿烂光芒照大地
>
> 我们心中充满热情
>
> 来到你的圣殿里
>
> 你的力量能使人们
>
> 消除一切分歧
>
> 在你光辉照耀下面
>
> 人们团结成兄弟

世界著名歌剧的弄臣、茶花女、卡门、托斯卡、蝴蝶夫人、浮士德、阿依达、奥赛罗、艺术家的生涯、乡村骑士、费加罗的婚礼、魔笛、图兰朵、塞维利亚理发师……潘幽燕如数家珍。其中《托斯卡》一剧,潘幽燕更是情结颇深。它首演于 1900 年的罗马科斯坦齐剧院,剧情大意是警察总监以处死马里奥胁迫托斯卡委身于他,歌剧女演员托斯卡为假恋人、罗马画家马里奥·卡伐拉多西,假意应允。骗到警察总监签发的离境通行证后,托斯卡刺死了警察总监,但她亦被警察总监"假处死"的花招所骗,马里奥被真的处决了。托斯卡因刺死总监之事暴露,最终跳墙自杀。剧中的音乐感情强烈、粗犷,许多戏剧性场面的音乐效果极为强烈,从而成为推动剧情发展的有力手段——那是根据法国维多利安·萨尔杜的剧本改编,由普契尼作曲,伊利卡和贾科萨作词的《托斯卡》三幕歌剧。

潘幽燕曾成功演唱剧中的这段咏叹调《为艺术,为爱情》,这首咏叹调有着独特的音乐风格特征,有着神奇美妙的旋律,丰富的和声,精致的结构和浓郁的现实主义戏剧感染力,具有巨大的艺术魅力等艺术特征。

潘幽燕一旦谈及这段剧情,她会轻声地吟唱数句,再加以习惯性的辅以肢体语言,令人再次感受到浓浓的西洋歌剧的气氛。那真假声混于一体的高音飙起来,凸显歌剧艺术魅力。潘幽燕郑重地介绍说,著名意大利作曲家普契尼的经典歌剧《托斯卡》中的精华之作咏叹调《为艺术,为爱情》,是现代意大利歌剧中最美的咏叹调,有着独特的音乐风格特征。这段咏叹调堪称是意大利歌剧中最优秀的咏叹调之一,是现代意大利歌剧中最美的咏叹调,有着独特的音乐风格特征。这首名曲广泛地流传于全世界,有着神奇美妙的旋律,丰富的和声,精致的结构和浓郁的显示注意戏剧力量,具有巨大的艺术魅力。88岁传奇人物钢琴家巫漪丽听了潘幽燕的歌剧《为艺术,为爱情》《燕子》后称赞道音乐把控得自如,表现力完美,到位游刃有余。

与钢琴家巫漪丽

　　潘幽燕更是说,要演唱好该曲不仅要全面深入体会角色,在声音力度上的控制及音色变化等技巧的运用也有一定的要求。不仅是艺术家们在音乐会中喜欢演唱的精彩唱段,也是声乐教学中重要的内容。这首名曲广泛地流传于全世界,有着神奇美妙的旋律,丰富的和声,精致的结构和浓郁的显示注意戏剧力量,具有巨大的艺术魅力。

　　歌剧、艺术歌曲、清唱剧在美声唱法中有各种不同的用法,这需要用歌唱的感觉和灵敏的听觉去辨别。潘幽燕总结说,美声唱法真声假声都用,按音高比例的需要混合着用,将歌唱所能用的共鸣腔体都调动起来,才有他自己特有的"味道"。比如,中国最著名的艺术歌曲演唱家施鸿鄂的《松花江上》《满江红》《生命的星》《河流》《无题》;魏松的《西厢记》《托斯卡》《仰天长啸》《乡村骑士》《茶花女》《奥涅金》

《卡门》《雷雨》《蝴蝶夫人》都是向经典致敬的作品。

潘幽燕说,唱美声最为过瘾,很忘我,很投入,因为有剧情发展、有人物,必须进入"状态"。唯有唱歌剧的,才能达到唱歌的最高境界。潘幽燕的美声唱法,是她的看家本领,抑扬顿挫,真假声拿捏的自然得体。若问及演唱会上将有哪些节目,她信心满面满面地说,她把演唱剧目一般分为两个部分。第一部分美声,包括艺术歌曲与歌剧;第二部分才是通俗歌曲,那是迎合市场与观众的喜好而定。她说,一旦歌曲选定,演唱会也成功了一半。若是一般的小型演出,她会视现场要求而定,比如场面、人数,大些带个乐队。那是潘幽燕的心得与经验。

古典女高音又分抒情女高音、花腔女高音。前者,那是夜莺般婉转优美的嗓音,能够在最宽广的音域(超过两个八度)中自如地表现华丽、妩媚的花腔声音特色,这是抒情性女高音中最纤巧、最灵活的声部;花腔女高音,就是主要在高音区的炫技演唱,声音轻巧灵活、色彩丰富,性质与长笛相似,擅于演唱快速的音阶、顿音和装饰性的华丽曲调,用以表现欢乐的、热烈的情绪或抒发胸中的理想,以声调多转折、拖腔格外长为特点花腔女高音,通常指声乐旋律中的种种装饰音、急速的音阶或琶音进行的华彩片段。

始于中国20世纪30年代的"通俗唱法",也称流行唱法,其特点是声音自然,近似说话,中声区使用真声,偶尔在高声区使用假声,很少使用共鸣。演出中时而载歌载舞,追求声音自然甜美,感情细腻真实。

因为通俗唱法声音完全用真声唱,接近生活语言,轻柔自然。时而为了强调激情和气氛,演唱时有意借助电声的音响造势,所以很注意话筒的使用方法和电声效果。训练有素的潘幽燕,每当她往舞台上一站,往往曲调未成先有情。什么叫学院派,那就是一种气场、艺术范的自然流露,是学不来的由里而外的气质与内涵的积累与展现。

潘幽燕,在东京艺大学的是独唱科的艺术歌曲,1999年毕业后的潘幽燕并不甘心,于是留校继续深造歌剧(歌剧科)。当年,单纯的潘幽燕也彷徨,毕业后不知究竟未来的走如何路,很是被动地被时间推着走。别人毕业即有了工作,她三年毕业后却没了去向,又没去打工,物色工作岗位,一旦毕业便四顾茫然。没有城府的潘幽燕,三年里她是实打实地读书全勤的好学生。

毕业后,潘幽燕还拿到 10 几万奖学金。留校的攻读博士是她最佳的不用选择的选择。学校一个博士名额就是等到着她,为她而设。潘幽燕也曾萌发去欧洲学歌剧的冲动。私下学意大利语,找有关使馆人员签字……潘幽燕去欧洲学歌剧的愿望,似乎越加清晰起来。

听说那个领唱的男高音去过欧洲学习歌剧,潘幽燕只是在日本学艺术歌曲。正巧得是,在银座潘幽燕碰到这个领唱的男高音,于是向他细细询问如何如何去欧洲学歌剧,若学半年、一年开销多少……潘幽燕正准备赚钱去欧洲。好在她的男朋友是现存的,无用约会,也没时间谈恋爱。她心里只有歌剧。

1999年潘幽燕硕士毕业,留校,准备读博士前期,幸运还时常地眷顾她。可是,潘幽燕却说,自己30岁了还没出道,多想出来唱,而且迫不及待出来。而继续攻读博士的歌剧科,只是满足潘幽燕一个唱美声的好奇心。于是,她学芭蕾,形体动作在歌剧中的地位很重要,因为唱歌剧要有舞蹈基础。期间,潘幽燕演过《蝴蝶夫人》。

正是这个时候,潘幽燕发觉自己怀孕了。已有12周还不知道,还以为自己胃病发了。当潘幽燕发现自己真的怀孕了,回家路上一路哭了出来。不知是喜,还是悲,兼而有之吧。因为,她还没准备地将有了下一代光临了她的生活。可见,上苍都替她安排好了,她只得听天由命。

今天,潘幽燕调侃自己说,"我的洞房花烛夜是医院里渡过的"。潘幽燕还说,他们家人一定想,儿子怎么娶个弱女子回家。可是,现在潘幽燕已经是家里的一个"壮劳力"了。"先生的两个姐妹工作生活方方面面完全不如我。"潘幽燕笑着说。无论是过年走并戚上坟家里办事等,"我是一个人奔上奔下,可以拿七个包谁想到我身体这么好,浑身是劲,需要时仿佛一个女汉子,呵呵。"潘幽燕笑得很真诚,那是一种由衷的、不是装出来的微笑。

怀孕后的潘幽燕,不得不退了学。博士不能为继,赴欧洲学歌剧也成梦。2000年10月千金诞生,夫妇俩继续在日本发展,女儿主要有她的妈妈,继后来婆婆带着。好在她女儿的奶奶曾是幼儿园园长,业务熟悉。今天潘幽燕还一个劲地感激父母的帮助,使她在日本继续着她的歌唱事业。尽量满足老人们的任何愿望让他们幸福地渡过晚年生活。当时,潘幽燕还参加日本一个高级的歌剧团会员活动,唱的歌词都要背,那是一个有赏活动。有的人,为了参加这个演唱再远也赶来了,参加一个音乐沙龙。这是一种认可。

潘幽燕一个劲地说,唱歌剧的女高音最好个子有165、168,这样形象才是令人羡慕的"高大上"。那个歌剧沙龙里有个日本女演员,潘幽燕说她天生丽质1.80米高,特有气场,再加一双高跟鞋,特别靓眼。言语中有几份羡慕与仰慕。

有人说,潘幽燕唱歌剧特别令人愉悦,那些原本枯燥、晦涩的西洋歌剧,被她一唱竟像故事一样精彩,趣味十足又诗意盎然,令人神往。譬如说,听她唱莫扎特,就让人很想去读一读原著;听她唱贝多芬,又让人很想走近他的音乐世界。总之,听了她的歌剧,想去看剧本的向往,这就是潘幽燕"现场之王"的演唱魅力。

如今,潘幽燕回国多年,按部就班的生活……教学、演

在日本东京奏乐堂毕业独唱音乐会

出，忙得"分身无术"，却也不亦乐乎。潘幽燕也认真地想过，我什么时候真正地出道，有舞台。面对现在的"小打小闹"，潘幽燕心犹不甘。若回日本，会有机会吗。她说，首先要养精蓄锐，等待时机。虽然，潘幽燕在国内生活丰富多彩，但是，潘幽燕却清醒地认为自己就这样发展下去，再上一个台阶有点难。教学有了，舞台少了。很遗憾，她说，自己只能再过几年再看看，有许多的演出活动参加还是不参加，也是一个问题。

当年，潘幽燕有个很熟悉的日本所属公司的中岛社长却生病了。有一回，潘幽燕在日本重逢与中岛社长再见面时。他真挚地对潘幽燕说，他希望再替潘幽燕办场音乐会，他就正式歇手不干了。潘幽燕却认真地说，那就不要办吧若办你中岛社长就歇谷了。俩人的话语中，透出英雄相惜的感觉。中岛社长不幸患上了难病渐冻病治不好很是婉惜……潘幽燕究竟如何再继她的歌唱梦,倾听她的不一般的星路燕语。

14　芳华犹在

潘幽燕对歌唱艺术追求的那份果敢与刚毅,朋友们都称她绝对是"风萧萧兮易水寒"的那种执著。如今回国工作已有多年的潘幽燕,唱歌依旧是她不灭的梦想,那是她的安身立命,一种使命与事业的使然。

在上师大音乐系的教课之余,潘幽燕常常地浸淫于艺术,与歌唱不离俗常,美与高贵也藏身于她的日常生活里。有位哲人这样说,"我们没有必要飞到太阳中心去,然而我们要在地球上爬着找到一块清洁的地方,有时候阳光会照耀那块地方,我们便可得一丝温暖。"

潘幽燕的生命中所求不多,很淡泊,但是坚守的那点事业心却一定是至高的心灵境界。因为爱,所以坚守。那是她的歌唱事业。唱歌是她生活的主要部分,生活是她唱歌事业的唯一。"谁知我们如何攀至山顶,但只要我们攀登,便能享受旅途的逍遥。"潘幽燕就是这么一个"忘我之人",身体力行。纵然,回到上海这个人文渊薮的地方,"朋友圈"一再加大,人脉拓展将有助于潘幽燕的歌唱市场,她依旧怀揣歌唱梦想。她说,我的生命里只有音乐。

与甬剧演员徐敏

在桂林公园

与张南云

　　这个时候，潘幽燕有个同门师兄，一个京剧名流童祥苓的入室关门弟子沈沪林，引荐了潘幽燕零距离地一识一代京剧名家童祥苓、张南云夫妇，从而有了这出正式拜师学戏的由来与后继，演绎了一幕"虽然咱是初相逢，你的一切乎我真欣赏，人甲人结缘是无意中，互相鼓励向前冲"的人文故事。

　　京戏腔调以西皮、二黄为主，用胡琴、锣鼓为主要伴奏的一种戏剧。自清代乾隆55年起，四大徽班进京，与来自湖北的汉调艺人合作，接受了昆曲、秦腔的部分剧目、曲调和表演方法，最终形成京剧。上世纪三十年代，京剧流派纷呈，人才辈出，进入鼎盛时期，堪称"国粹"。文武兼备、唱做均工的童祥苓，在学习余（叔岩）派的基础上，又融入了麒派、马派的表演方法，演唱富有韵味，做功细致，表演洒脱自如,善于刻画人物。

童祥苓与二哥童寿苓、四姐童芷苓、小姐童葆苓,令"童家班"扬名菊坛。童祥苓在京剧名剧《龙凤呈祥》《桑园会》《群英会》《失空斩》《定军山》《四郎探母》《战太平》《淮河营》《汉宫春秋》等饰老生,成为舞台经典。文革中,童祥苓更是将京剧《智取威虎山》唱到极致,创造了童祥苓京剧事业上的一处巅峰与辉煌;同时,也造就了中国京剧史上的一处经典。

那些年,京剧名家童祥苓生逢盛时,以一曲气吞山河的唱词"今日痛饮庆功酒,壮志未酬誓不休。来日方长显身手,甘洒热血写春秋"而红遍大江南北,使革命者"高大上"的英雄形象跃然在舞台上,感染、感动着亿万观众而成为那个时代的一处标杆。电影版现代京剧《智取威虎山》的演员中,如今也只有"杨子荣"童祥苓一人了。

童祥苓配偶张南云,原名张兰云,毛泽东为其改名张南云,是梅兰芳亲传女弟子,他们同年同月生的一对"金童玉女"。谁说纯粹的父母之命,媒妁之言是一段"包办婚姻",童祥苓却非常得意而又欣慰这段婚姻。他说,我的爱情分两部分,一部分是妻子,另一部分便是京剧。

为了生活,童祥苓曾一段时间"下海"开了家面馆,在马路边上洗碗,成为当时的一个新闻。然而,开面馆的8年却成就了童祥苓"后文革"时期最开心的一段时光,家人团聚。

与书画大师除佩秋一起

　　而那些年，正任职于上海中国画院，有幸亲炙当代海派大家谢稚柳、陈佩秋诸多老一辈名家，及拜书法大家周慧珺门下攻书画；后因佛缘来到千年古刹龙华寺，在照诚大和尚身边参禅学佛的同时，在华林书画院从事艺术工作期间，有缘成为京剧名家童祥苓的关门弟子，艺术晋进——他就是潘幽燕的同门师兄沈沪林。

　　一个"票友界里写字写得最好的；书法界里唱戏唱得最好的"沈沪林——在"后文革"时期，他考入成年高校，深造于上海师范大学中文系。

　　缘此，沈沪林多年流连于上海中国画院、上海龙华古寺华林书画院，继而成功跻身上海市书法家协会理事、上海诗词学会理事。他多才多艺，广结善缘，常常切磋书艺画艺之际，他的"二黄西皮"之声犹闻而令人养颐开怀。

与童祥苓夫妇一起

　　尤其,那段现代京剧《沙家浜》郭建光的"朝霞映在阳澄湖上……"这段京剧老生"西皮原板",时时成为朋友们的一个谈资。或许,沈沪林在诗书画戏之中呆得久了,收获了快乐;或许,沈沪林在龙华古寺之中呆的久了,生出了欢喜心。于是,他无私地把快乐和欢喜分送众人,分送诸友,分送愈多,他也愈多快乐和欢喜——他自喻自己"快乐沪林",成了朋友圈里的一个开心果。

　　朝霞映在阳澄湖上,芦花放稻谷香岸柳成行。

　　全凭着劳动人民一双手,画出了锦绣江南鱼米乡。

　　祖国的好山河寸土不让,岂容日寇逞凶狂!

　　战斗负伤离战场,养伤来在沙家浜。

　　半月来思念战友【二六】与首长,

　　【流水】也不知转移在何方。

与梨花颂作曲词家翁思再

【快板】军民们准备反"扫荡",何日里奋臂挥刀斩豺狼?!

伤员们日夜盼望身健壮,为的是早早回前方!

正是沈沪林的热情撮和,成就了潘幽燕与童祥苓、张南云的一场"英雄会"。有了沈沪林这个师兄关照,也有了潘幽燕与京剧的亲密接触与一场邂逅。

自从,潘幽燕拜师张南云学习京剧而浸淫期间,在随后的演出中她多了一份中国戏曲的元素。2017年,那场"双燕颂中华音乐会"上,潘幽燕的一曲戏歌《梨花颂》令人印象深刻,耳目一新。原来唱歌的潘幽燕,唱戏也是字正腔圆,为人叫好,惊艳全场。

那是新编历史京剧《大唐贵妃》的主题曲,作词翁思再也欣然出现在潘幽燕的演出现场。剧中演绎唐明皇和杨贵

与张南云老师

妃的爱情主题,唱腔设计以京剧二黄调式为主调,加入了梅派唱腔特色,个人主唱与合唱相辅相成,委婉与大气相结合。潘幽燕将演出现场带入高潮,余音绕梁……

"梨花带雨"一词,或许就是出处于此。形容那种缀着雨点的梨花似的,以比喻古典女子的娇美、凄美之状,唐贵妃是也。因"梨花带雨",而"我见犹怜"。白居易的《长恨歌》,"玉容寂寞泪阑干,梨花一枝春带雨。"更是形象化了而美艳动人。

由于,2011年的关东那场大地震,潘幽燕成了一只受伤天鹅而有了这场"泪洒机场"。因为,面对自己未来前途缈然的困惑,不也有类似《贵妃醉酒》《梨花颂》的这番"梨花带雨"之叹。

潘幽燕在随后的演唱会上,她将此曲京歌唱的一咏三叹,入情入戏,塑造出人物的心理与心态,一种无法排遣的莫名悲哀,兜心凉意由心而生。一个梨园始祖唐明皇,文治武功;一个贵妃杨玉环,天生丽质,能歌善舞,统领后宫,色艺倾国。"一骑红尘妃子笑,无人知是荔枝来。"如今,留下"长恨一曲千古迷,长恨一曲千古思"一个绝唱。

因为,潘幽燕的歌声里怀有独特的哀伤气质,而更加动情婉转对情感把握亦是恰如其分,凸显出这首歌独特的古典美,从而耐人品味。仿佛,潘幽燕在歌中唱出自己的心境,融入角色之中了。在潘幽燕心里,唱歌,不只是一个形式;在她心目中,唱歌更是一种仪式,一种精神层面上的神圣感,宗教感而心生敬畏。

15　诗与远方

　　中国著名音乐人高晓松,以一句"这个世界不只有眼前的苟且,还有诗与远方。"竟成"网红"。"苟且"是现实中的自己;"诗和远方"是理想中的自己,指的是一种理想生活。

　　这个世界不只有眼前的苟且,还有诗与远方。诗就是心灵的最深处。人生要有抱负,有理想,不要光想着眼前的这点儿事儿,还要想自己的未来。这理解了诗与远方的道理。

　　正如潘幽燕说,只有"一个人走路,才是和风景之间的单独私会。"那是一种哲理、一个意境。如果说,"苟且"是一种生存无奈,一种屈从;那么,"诗和远方"更多代表的是未来世界的一种向往与憧憬。有人说,诗代表的是人生之诗,代表的是人生的诗意,是生活中不能缺少的情趣和对生活的思考和注解;而远方则是你内心中一直没有到达过的那片净土和向往,它可以是你心中的一个梦,可以是一个人。

　　诗不仅仅是我们说的流传千里的诗篇,还有诗意的生存;远方可能也不仅仅是指那很远的地方,还有心志高远的意境。因为,潘幽燕的歌声里,有着人文的温度;潘幽燕的

歌声里有着诗意与远方的召唤，而不只一味的"求田问舍"的功利。那是潘幽燕的人生抱负与人文襟怀。一个人不能忘记的诗意和远方，纵然没有走的足够远，至少他是有一颗向往远方的心的——潘幽燕是也。

因为，除苟且的生活外，潘幽燕还有她的诗与远方，那就是她的歌。世界上走的最远的是歌手，比歌手走的更远的是歌声——潘幽燕堪称用歌声的弦律度量人生的长度。

有人说，潘幽燕的歌声散落于音韵的铿锵里，她不是用歌声解说音乐，而是她用歌声里裹挟着精神力量一次次地撞入人们的怀里，那是潘幽燕歌声魅力，一种"感是花溅泪，恨别鸟惊心"。它既有人性的饱满，又有神性亲切宜人，都在她的歌声里，而筑就了她的一个精神家园。生活就是适合远方，能走多远走多远；走不远，一分钱没有，那么就读

诗,诗就是你坐在这,它就是远方。在日本,潘幽燕如此;回到国内的潘幽燕,同样如此。无论顺境,还是逆境,她总是永远唱着"一个人的歌",憧憬着诗与她的远方。歌曲并不是简单的抱怨,而是用励志的歌词唱出坚强、唱出人性的力量——潘幽燕如是说。除了故乡,除了生地,还有一种家园在心头。她常常问自己:我心头的家园在哪里?潘幽燕自语,有歌声的地方,就是我的家园。恍然一场恋爱。

爱情就这样子走过夏天
爱情就这样子悄悄离开
一个人发呆
一个人憔悴
一个人唱歌

夢見鳥　　　　　　　　　　　　　　ユウエン作

草海　　　　　　　　　　　　　　ユウエン作

2005年油画制作名信片

一个人失眠

爱情总是离我忽近忽远

爱情总是让人辗转难眠

一个人旅行

一个人买醉

一个人跳舞

一个人冬眠

　　不离不弃数十载,潘幽燕"用歌声演绎生命";同时,中国书画也在滋养着她。或许,潘幽燕的歌声里掺着书画意蕴;或许,她的书画里分明有着歌声的韵味。

　　或者这样说,潘幽燕"画中有歌,歌中有画"。如果,把她的歌声比作田园诗、山水诗;那么,潘幽燕的画作,就是温

与女儿一起

参加母亲节演唱会

婉的"小写意",心绪心境跃然纸端,令人咀嚼、回味。

今天,潘幽燕用书画与歌唱演绎人生,其中既有锣鼓的铿锵、歌声的嘹亮;又有书画的线条与色彩……因为,人生除了苟且,更有诗意与远方的憧憬而踌躇满志地令她走向明天、走向未来。

"春尚浅,谁把玉英裁剪?尽道梅梢开未遍,卷帘花满院"的戊戌三月,潘幽燕再次奔赴日本,旧地重游一般地参加在东京都池袋西口广场举办的"第七回日台文化交流活动"。演出中,潘幽燕演唱了日本电视连续剧《血疑》主题曲《谢谢你》,以及《你鼓舞了我》《甜蜜蜜》《樱花》《谢谢你常记得我》《春天的芭蕾》等众多耳熟能详的日本歌曲。她的每一次演绎,总有不一般的性情而令人感怀。那是人生历练、社会经验的积淀,一种学不来的学识积累在其中。

日本,可是潘幽燕出道的地方,从打工学语言,到东京艺术大学独唱科深造……不仅,潘幽燕在这里完成学业,继而在这里一步步走上艺术殿堂,成为一个专业歌手,一个抒情女高音;而且,潘幽燕还在这里"邂逅"了她的另一半,一举完成她的终身大事,成就了她事业与人生的两个完美。

如果,这样回国,堪称荣归故里。但是,这并不是潘幽燕的性格,她有更高的追求与梦想,也正在渐次打开;日本一场3.11大地震而令她回到"原点"。谁说不是一场人生挫折。

2016年,回到国内的潘幽燕,选择在日本八潮市民文化馆,别开生面地为自己举行一场的生日音乐会。她用歌声庆祝自己的生日纪念,前半场是通俗歌曲,她用日语演唱多首日本歌曲;后半场是她的长项,艺术歌曲。生日演唱

会,她在钢琴的伴奏上演绎通俗、民族、艺术歌曲,一个不能少地好好"过了一把瘾"。那是潘幽燕用歌声"致敬艺术、致敬人生"的一次成功演出。

演唱中,潘幽燕唱的大多是日语歌曲,完全融入其中,并用一口流利的日语与台下互动,堪称演唱会上的一个风景;潘幽燕还唱了她心驰神往的歌剧,秀了一次的"真假声"混用而为人点赞,一个学院派的职业歌手。

尤其,潘幽燕驾轻就熟地唱了一曲中文歌《夜来香》……悦耳的温婉嗓音,并辅以曼妙的肢体语言,令人回眸老上海的前尘往事。她唱的如此纯粹,不论商业演出,还是公益性演出,潘幽燕只有一个任务,就是把歌唱好,不"醉"不回,这才是一个职业歌手的素养与责任。不图功利,只为艺术。

　　因为,舞台成就她的生命托付,因为,她以身相许地嫁给了艺术,从一而终,不忘初心。

　　潘幽燕说,她每年都举行一场自己的"爱的祈福"生日演唱会。戊戌520之春,她与一位同日生日的汤老先生一起,在上海举行一场生日派对之类的助兴活动。会场横幅"福寿康宁";对联"幽韵妙风千里远、燕姿丽日一番新"。那是沈沪林的书艺展示,会后这条幅馈赠寿星汤老先生;这幅嵌名联赠送给了他的师妹潘幽燕。同时,沈沪林还唱了一曲现代京剧,竟嗨翻全场,掌声一片。

　　现场气氛热烈"你方唱罢我登场",其乐融融。鲜花蛋糕,歌声笑声。来宾们纷纷拿出各自的高招助兴,欢乐场面感染着每一位来宾。

　　今天,纵然潘幽燕已经海归多年,继续追梦……一边,

2017.11.2.双燕颂中华音乐会部分演职人员在黄浦剧场
The reason why there is pressure because there can be successful self-confidence.

2017年双燕演唱会

与汤仁礼同月同日生日合影

　　她在上海师大教学,指导学生如何步其后尘地学习唱歌;一边继续她的演唱生涯,舞台才是她的生命,一个精神归宿。或许,教学只是潘幽燕的一个谋生手段;登台演唱,那才是潘幽燕的一个谋心、一项事业。舞台,因她而设;舞台,因她而美。只要有机会,舞台上总有她靓丽的身影与她动听的歌声。

　　在日本,有人称潘幽燕为歌姬,并不为过。歌姬原于日本对女歌手、女明星的一种褒奖的称誉,和中文圈的词汇"歌星""歌后"相似。不仅得到官方认可,更是得到众多听众、观众的口碑,这才是硬道理。日语歌姬(うたひめ),若直译就是"歌唱公主"。它并不是一个正式的职业名称,而是对有艺术素养女歌手的一种美称、美誉。潘幽燕是也,当仁不让。

与蒋雨彤（左）演出

　　有人评论潘幽燕说，听她歌声，是一种艺术享受，有一种令人正襟危坐，随她一同进入"角色"的感觉。不只是悦耳，而是有文化厚度，所以，也有人称她人文歌手。如说潘幽燕是一个抒情女高音，那是一项艺术；而称誉她为人文歌手，则是比喻她的歌声里有了一种文化襟怀、不一般的艺术境界。她的入戏、她的物我皆忘的演唱状态，说得就是这个意义上的一种人文精神。

　　上海四月天，燕飞草长时。堪称"人间四月芳菲尽，山寺桃花始盛开。长恨春归无觅处，不知转入此中来"。"退而不休18载"的上海百老德育讲师团举办建团十八周年"让主旋律更响亮，让正能量更强劲"为主题的慰问演出。上海百老德育讲师团拥有600多名老同志，这些老领导、老将军、老红军、老英模、老专家、老教育家、老科学家、老艺术

家们的凝聚,形成百老团强大的精神力量和德育教育的丰富社会资源。成为全国德育教育品牌。

整场演出在《人民军队忠于党》的乐曲声中拉开帷幕,国家一级演员、著名女高音歌唱家、歌剧《江姐》的扮演者,曾教周恩来总理唱"洪湖水浪打浪"、同毛泽东主席跳过舞的任桂珍,以一曲《唱支山歌给党听》,唱出了广大观众对以习近平总书记为核心的党中央的无限信赖,至诚热爱,唱出了党和人民的血肉深情,全场掌声经久不息,表达对著名功勋艺术家们的崇敬之情。指挥由毕业于英国皇家音乐学院丁中一担纲。沪剧名家马莉莉也参加了"迈进新时代、开启新新征程、谱写新华章"庆祝活动。

潘幽燕以一曲女声独唱《我爱你中国》而反响热烈,那是她多次演唱会的主要曲目之一。在观众的热烈掌声中,潘幽燕又唱了一首《梨花颂》,她是驾轻就熟,多少心绪、心结在其中。

戊戌春日,中国音乐家潘幽燕在大阪为中日友好献唱,大获成功——那是日本大阪最著名的高档商业演出剧场、大阪大丸心斋桥剧场,来自中国的著名女音乐家潘幽燕个人演唱会就在这里盛大举行。

此演既是纪念中日和平友好条约缔结四十周年的一次重要中日文化交流活动;同时,又是纪念中国上海和日本大阪结为友好都市四十四周年而举办的一次音乐盛会。演出中,作为中日两国和上海、大阪两地的文化使者,潘幽燕与米田治歌者互换母语,分别用日语和中文演唱了包括《我只在乎你》《何日君再来》等脍炙人口的名歌,也演唱了日本演歌和英文歌曲,受到了现场观众的热烈欢迎。

现场中日观众座无虚席,演出现场的巨幅海报宣染着气氛。演出中,潘幽燕收到了现场观众献上的一束又一束鲜花。演出结束后,潘幽燕接受了日本关西华文时报总编辑丛中笑的专访。潘幽燕表示,早在两年前,京子女士就开始策划潘幽燕在大阪的个人演唱会。潘幽燕同时也成为了进入大阪大丸心斋桥剧场举办个人演唱会的首位华人女歌手。

据悉,为了顺利举办此次在大阪举行的专场演唱会,潘幽燕在东京新宿文化中心剧场演出时,专程从大阪赶赴东京表示祝贺和观看演出并首次与潘幽燕见面的米田治歌者,当天就在现场应邀与潘幽燕合作了两首歌曲。其后,他们之间只是通过邮件往来磨合沟通合作演出的细节。

如今,潘幽燕在上海师范大学音乐学院任教,主要从事音乐教学,为大三大四学生主讲"日本抒情歌曲的演绎和实践"。在教学中,她非常注重教材的选择,编辑、整理了部分日本的优秀歌曲用于教学,受到了学生的喜爱。她表示,这些学生都还处在海绵式吸收的阶段,希望自己可以很好地帮助他们成长,让这些教出来的学生既能登台演出,也能走上讲台成为优秀的教学者。

在谈到对音乐的理解时,潘幽燕说了这样的见解:有些学美声的人喜欢崇尚"英雄主义"。恨不得把自己身上所有的共鸣腔体都用上来歌唱,为了达到让自己肾上腺激素高升让观众为己喝彩鼓掌之目的,而拼命似的唱重唱大以求快感。但这种人很容易"眼大肚子小"……除非你的嗓音生理条件允许撑起你的欲望,否则大部分条件一般者将陷入瓶颈里而无法自拔,甚至导致嗓音的灾难……她说,我以前也是如此,但我现在崇尚"优美主义",提倡"有话好好说,有歌好好唱"。没有必要"大声武气"地炫耀自己"强大共鸣"来让观众接受到所谓的震撼感。美声的艺术本质还是应基于"以柔克刚"、"以情释怀"为主的人文主义情怀,任何"阳刚之气"过多过重的宣泄,会导致其艺术寿命过早的终止。

我们倡导美声的尚美理念不仅仅是对绝对音高的感官短暂刺激感,而是启发和挖掘人心深处对"真、善、美"的长远认同感。

由上海师范大学音乐学院主办的"旅日华人音乐家罗建中即兴钢琴演奏会暨古典与现代的钢琴即兴演奏公开讲座,在上海师范大学音乐学院东部教苑 C 座多功能厅举行——音乐人潘幽燕,为其讲座做主持并献唱多首歌曲。

讲义内容围绕,即兴演奏慨论,古典的即兴创作,爵士音乐的即兴演奏,流行音乐的即兴,即兴伴奏法……对现场的一百多位音乐爱好者传授音乐知识,并即兴演奏了梁山伯与祝英台-何占豪 & 陈钢。夜曲(第九号作品)-肖邦。华尔兹(第 34 号作品)-肖邦。还有,给爱丽丝-贝多芬等古典曲目,A 列车(Take the A Train)-Billy Strayhorn。朦胧的眼泪(Misty)-ErrollGarner……等爵士名曲,秋的偶语-Senneville & Toussaint,爱的克丽斯丁-Senneville & Toussaint,梦中的婚礼-Senneville & Toussaint……等流行名曲。

作为抒情女高音的潘幽燕与卢以敏合作演出了燕子,秋叶,爱的赞歌,小河淌水,四季歌(日本歌)……等经典曲目。整场音乐会 2 小时 30 分,其中一部部经典作品让上海的观众意犹未竟。随后,罗建中、潘幽燕、卢以敏合奏加演了一首邓丽君的《月亮代表我的心》,上百名观众分享音乐

家罗建中献给上海的音乐盛宴。

潘幽燕介绍说，罗建中8岁起学钢琴，16岁开始作曲，18岁开始接触爵士音乐，艺术学士。日本国立东京学艺大学研究所作曲指挥研究室先后在台湾各大剧场担任乐团团长，活跃于台湾音乐界。后赴日本留学深造。师事名钢琴家大内喜代子教授，专研古典钢琴演奏。又随日本电子音乐作曲家住谷智教授、现代音乐作曲家吉崎清富教授、金田潮儿教授等研究作曲指挥。

毕业后先后在台湾国立艺术学院（现台北艺术大学），台湾文化大学，台湾圣德学院等大学教学，担任即兴钢琴伴奏、电脑作曲等课程。现旅居日本，作为自由作曲家、演奏家不断的发表作品及经常在各地巡回演出，是同时精于古典、爵士、电脑音乐等广泛领域艺术家。擅长于即兴演奏，

亦即引用名曲中的主题旋律瞬间编曲变奏的一种再创作。

近期的潘幽燕,还在日本马不停蹄地参加多场演出,在新宿文化中心大剧场(1800座)的演唱会上,潘幽燕唱了《苏州夜曲》《北国之春》《昂(星)》《我只在乎你》《春天歌曲系列联唱》《青藏高原》(中日版),还有她最擅长的歌剧咏叹调《我亲爱的父亲》《献身艺术献身爱情》《漫步街上》⋯⋯总之,唱歌就是潘幽燕的一个节日,一次心灵放飞。因为,她的世界里只有音乐。

而正是这场演出活动中,潘幽燕又受音乐人武乐群之邀,参加戊戌秋季在日本举行的《贝多芬第九交响乐》的合唱演唱会,有可能请她领唱。潘幽燕说,那是她东京艺大做学生时曾演唱过。第三天,电话来了,明确告诉她领唱的就是你了。潘幽燕应邀担当合唱团的领唱者。这是荣誉,更是认可,令潘幽燕为之动容。并邀 2019 年与潘幽燕再续演出,压轴 50 分。

尤其,2018 年 35 届上海之春国际音乐节开幕在即——那是创办于 20 世纪 60 年代的上海之春音乐舞蹈月和始于 20 世纪 80 年代的上海国际广播音乐节,两项活动于 2001 年正式合并为上海之春国际音乐节。每年举办一次,以"和平、友谊、交融、和谐"为宗旨,并对参赛节目进行评选设有"金编钟奖"。

音乐节中,上海师范大学音乐厅举行一台《时代梦:歌声与信仰,改革开放四十周年专场音乐会》,音乐会分为春风、乡恋、逐梦等三乐章。潘幽燕欣然登台献歌,用歌声《在希望的田野上》《我们的生活充满阳光》《爱的奉献》,以及《美丽的草原我的家》《长江之歌》《我的中国心》《春天的芭蕾》《节日欢歌》,心情舒畅地歌颂祖国改革开放四十年的发展与进步。

　　　　河山只在我梦萦,
　　　　祖国已多年未亲近,
　　　　可是不管怎样也改变不了
　　　　我的中国心。
　　　　洋装虽然穿在身,
　　　　我心依然是中国心,

我的祖先早已把我的一切

烙上中国印。

长江,长城,

黄山,黄河,

在我胸中重千斤。

不论何时,不论何地,

心中一样亲。

流在心里的血,

澎湃着中华的声音,

就算生在他乡也改变不了

我的中国心。

《我的中国心》,更是唱出每一个炎黄子孙对国家改革开放以来所呈现出喜人景象的心声,并在新时代迈出铿锵步伐。新时代,就是坚持和发展中国特色社会主义,实现社会主义现代化和中华民族伟大复兴,在全面建成小康社会的基础上,在本世纪中叶建成富强民主文明和谐美丽的社会主义现代化强国,必须坚持以人民为中心的发展思想,不断促进人的全面发展、全体人民共同富裕目标。

同时,潘幽燕完成多篇学术论文,在《北方音乐》《时代教育》等国家级刊物上连连发表论文,《探讨声乐技巧在歌

唱艺术中的表现作用》《浅析声乐语言在声乐表演中的重要
性》《论声乐艺术中声乐技巧的地位与作用》《邓丽君演唱艺
术中情感表达特色和表现手法解析》《意蕴·凝聚—声乐演
唱情感表达的艺术特色和表现手法解析》。

2016年,潘幽燕还发表了日本《荒城之月》的汉语翻译
及音乐旋律,这是潘幽燕多少年的理论思索与实践历练的
一个厚积薄发。从而构筑起潘幽燕不俗的理论框架,令她
向更高的高度飞翅,有了扎实的基础。

缘此,潘幽燕"为歌而生、向歌而行"的星路地图,正在
渐次打开,渐入佳境。"没有骗人的花言巧语,没有待人的
虚情假意,少了一张能说会道的嘴,但多一颗诚诚恳恳的
心。"——她就是潘幽燕。

尤其,近期潘幽燕赴日参加"贝多芬第九交响音乐会"

与温可铮夫人王述教授(右二)

演出归来……说起这场演出，她是颇多心绪与感慨。她说，自己20年曾在日本演出过，有点底气的。

然而，"这次初次试唱，组织方几乎却给我一个下马威似的，说我唱的德语发音太轻了，不行不行，过不了关……令我一愣。"潘幽燕心有余悸似地回忆说。

"第九交响曲"的合唱部分，是德国著名诗人席勒的《欢乐颂》而谱曲，成为作品最为著名的主题。"合唱"部分，既是"乐圣"创作的最后一部交响曲，也是他对自己艺术生命的总结和回顾。除了创造性地在交响曲中加入了人声合唱外，更因其改编席勒的诗篇"欢乐颂"而广为人知，被誉为颂扬人类崇高灵魂和理想的伟大作品。

亿万人民团结起来

大家相亲又相爱

欢乐女神圣洁美丽

灿烂光芒照大地

灿烂光芒照大地

尤其,潘幽燕在这次演出中担任女高音,除了合唱领唱外,还有两首歌的独唱,原先定好的。可以说,她是有备而来、踌躇满志地从国内赶来,就是冲着这个演出。

当她得到这个评价,可能被替换⋯⋯潘幽燕想,怎么办。压力顿时而来。组织方说,"他们唱了五十回了,耳熟能详。"

"那怎么会呢,有点恐吓我似的。广告都打出去了,说换就换。日本人又很严谨的。好在,我还有一点时间,我还是一定要好好的重视。"

于是,潘幽燕及时请人指导,陪练。经过一场"恶补",总算柳暗花明,演出前二天,最后确定潘幽燕继续担当领唱与独唱任务。"我就觉得这次演出压力太大,这才慢慢地进入状态。自己在国内也没法准备,他们天天在操练⋯⋯那个帮我陪练的老师也是有压力,他觉得自己被挤在中间,为了我他也睡不好觉,不停的给我发邮件。他说我也没法保证你能成功。"

潘幽燕只得拼命看网上有关录音、录像的资料,以致把

手机几个 G 的流量全部用光，一直在上面看、在听类似国内的腾讯视频……

她心里只有一个愿望，"成功、必须成功。"潘幽燕真的是又回到了学生时代，拼了……她豁出去了。

"因为，我只有一条路，票子都有卖出去，没有一张是送的。"有一对夫妻还是特意从国内赶来日本，就是看潘幽燕的演唱。自己怎么能在关键时候"掉链子"。潘幽燕的母亲、妹妹、女儿都现身日本，一睹潘幽燕的舞台风采，他们都来为她喝彩……

于是，潘幽燕不惜工本地为这次演出的成功，请老师一起"临阵磨刀"。潘幽燕说，"那个费用合情合理。尤其这位老师，自己的身体还不是很舒服，坚持陪练，心中很是感念。处于热线交流，差不多五六次，开始合练。那是演出前的最

后一个星期,完全处于封闭状态。"

好歹,功夫不负有心人。演出前的合练时,潘幽燕特意买了一套红色连衫裙作为演出服穿上为演出热身,以示庄重,她用自己的实力一举征服主办方。随后的演出获得相当成功,深孚众望地赢得掌声——她就是潘幽燕,向古典致敬,重在参与。"兢兢业业上课,认认真真唱歌"。这是潘幽燕秉性使然。或许,每一次艺术演唱,都是一次修行。潘幽燕如是说。

尤其,在潘幽燕的歌声里有一种耐人寻味的"书卷气"。

孤独站在这舞台

听到掌声响起来

我的心中有无限感慨

多少青春不再

多少情怀已更改

我还拥有你的爱

好像初次登舞台

听到第一声喝彩

我的眼泪忍不住掉下来

经过多少失败

经过多少等待

告诉自己要忍耐

掌声响起来我心更明白

你的爱将与我同在

掌声响起来我心更明白

歌声交汇你我的爱

……

　　演出完毕，人们纷纷上前与她握手，令潘幽燕享受主角般的祝贺，心都醉了，"我是梦中的天使。"因为，在日本演出贝多芬第九交响曲，是一项隆重的演出，一张名片；也是成为一项艺术盛宴，载誉多多。同时，这次演出中的潘幽燕，还欣喜地由人介绍一个专业唱歌剧老师为她以后辅导。"原来，她还是自己的同学，她曾去意大利深造，在歌剧方面造诣颇深，我将不定期地向她学习歌剧。在东京艺大读书

时,她是歌剧班,我是独唱班。彼此认识,因为我是班里唯一一个外国留学生。"潘幽燕说。

9月22日,潘幽燕将再赴大阪大丸,应邀钢琴伴奏山崎之约参加"向经典致敬"的演出。

是日,日本友人带上一套红色和服。和服,即指日本传统服装,一种织染和刺绣,穿着繁冗规矩。包括穿和服时讲究穿木屐、布袜,还要根据和服的种类,梳理不同的发型,俨然成了一种艺术品。替潘幽燕穿上,包括带扬、带缔、带板、带枕、伊达缔、腰纽、胸纽、比翼……令光彩夺目的潘幽燕极其惊艳。那不只是服装,更是艺术的载体与荣誉。

潘幽燕说,和服不为人的体型所左右,它可以因人而异,在腰间调节尺寸。缺少对人体曲线的显示,但它却能显示庄重、安稳、宁静，符合日本人的气质。和服如同我清朝家具，将繁文缛节达到极致。

2018年9月，潘幽燕还参加了由丁中一指挥的上海城市交响管乐团"情牵两岸情　浓情迎中秋"演唱会，她以一袭紫色长裙登台，献上二曲《小路》《望春风》而醉了众多观众。

潘幽燕还利用国庆长假，赴日参加多场演出，友人即把她的演出传给她，令她很兴奋。一曲日语歌《忘不了的松岛》，再配以日本国的海景动感的，令人赏心悦目。熟悉的日本歌谣式的歌声响起，民风民情犹见。潘幽燕唱起来，那是驾轻就熟，训练有素。歌声悠远，明快。另有一曲《摩天大楼的恋爱》，也是唱的风情万种，令人心驰神往……为人称誉"中国歌姬的抒情女高音"。

人们之所以称潘幽燕"为歌而生"，就是说，主要有演出邀请，她是每请必到。甚至不惜路途，忙里偷闲"累且快乐着"，那就是潘幽燕的真实写照。而且，潘幽燕的档期满满，已排到明年赴美，参加华人歌唱比赛……

"何已解忧，唯有歌唱。"潘幽燕表示，唱歌是她的心灵故乡。说起她参加"歌剧音乐沙龙"的演出，她是肃然起敬。神田东京"驯鹿（tonakai）"，她说，这里纯意大利风格，培训音乐人才，走向社会。这里不允许录音摄影。一个晚上三场演出。出入期间的都是有气质的上流人士，均是窈窕少

女,穿体恤衫不宜进入。"从节目单上看,我的客源最多,众星捧月的感觉。"潘幽燕兴奋地说。

"音乐终究是艺术品,虽然它具有商品属性,但终究是属于艺术范畴的。"好的声音,并不一定要飙高音,去掉所有冗余的成分,一切从艺术出发,恰恰能够赢得观众的心。优美、清澈,仿佛从山里走来的仙人一般。非常难得的唯美,"与中国水墨山水画一样。"优雅、轻盈、悠远、诗意,曲如其人。把自己最擅长的部分做到极致,就是最光彩的。潘幽燕恪守艺术真谛,歌剧才是歌唱事业的"高大上"。

潘幽燕为了保持飞扬的精神状态,她坚持锻炼,参加多种体育活动。高尔夫、游泳行走成为她主要的健身运动,坚持不辍。从而体育场上,时常出现"幽燕"飞舞、英姿勃发的身影。

与秦怡

与栗原小卷

与日本驻沪总领事
片山和之夫妇

　　潘幽燕说,自己一旦上了舞台,"我就不是我,而是沉浸于一种物我两面忘的状态。心里只有舞台与歌声"。把不可能成为可能的,那是艺术。

　　如果说,歌声是人类心灵的反射;那么,一部歌曲史,就是一部人类心灵史……

后记：唯有艺术不可辜负

书稿历经近年的采访、撰写、修订，终于脱稿，交付出版……我是一次次地走近主人公，走近主人公对歌唱艺术的执著与无悔，耳畔歌声如闻。

无论走出重庆、留学日本，还是海归上海，主人公始终怀揣对歌剧的一往情深，堪称"用歌声演绎生命"的一个励志篇，一场以身相许数十载的生命托付。林语堂曾说，人生必有痴，而后有成——潘幽燕是谓也。

书中以散文笔调，通过时间为经、故事为纬，夹叙夹议、启承转阖地娓娓道来，写实写意并举……仿佛一个"为歌而生"的抒情女高音正款款走上舞台，"曲调未成先有情"地为艺术、为生活而歌。

本书并非严格意义上的人物传，而是一段人生过往，由数个人生"风景"的无序、有序连缀……或许，令人咀嚼的不

与女儿在一起

是文字,而是文字背后的一种人生思量与生命感悟。

为我感怀的是,杀青之际呈蒙多位同仁的赐教与点拨,有的更是发来热情洋溢的诗文,令人深深感念不已。"幽韵和风千里远,燕姿丽日一番新"——写在史兄潘君艺术传记佳书出版之际。有的撰联,"上联:幽燕声声,一如乳燕出谷之初啼;下联:双燕飞飞,仍若娇燕绕樑之呼唤。横批:爱恋中华。"有的闲来无事,赠对联一副,"阐人意通幽洞微,闻歌声飞燕游蛟。横批,秀燕深幽。"有的还为其书皮设计包装,有的还提供了第一手材料而丰富人物背景……不一而举。其中,无不道出旧雨新知的一番心绪与心结,期盼书稿的早日读到,分享成功。因为,唯有艺术不可辜负。

出版在即,海派书画的领军人物陈佩秋先生欣然为书名题签,上海诗词学会副会长的杨逸明惺惺相惜地感慨作序,那是对主人公的一种欣赏。

　　这里,让张韶涵一曲潜心入怀《隐形的翅膀》作为本文的结局。"每一次都在徘徊孤单中坚强/每一次就算很受伤也不闪泪光/我知道我一直有双隐形的翅膀/带我飞飞过绝望/不去想他们拥有美丽的太阳/我看见每天的夕阳也会有变化/我知道我一直有双隐形的翅膀/带我飞给我希望/我终于看到所有梦想都开花/追逐的年轻歌声多嘹亮/我终于翱翔用心凝望不害怕/哪里会有风就飞多远吧/不去想他们拥有美丽的太阳/我看见每天的夕阳也会有变化/我知道我一直有双隐形的翅膀/带我飞给我希望/我终于看到所有梦想都开花/追逐的年轻歌声多嘹亮/我终于翱翔用心凝望不害怕/哪里会有风就飞多远吧/隐形的翅膀让梦恒久比天长/留一个愿望让自己想像"。

　　因为,隐形翅膀正是潘幽燕心中不灭的梦;所以,梦有多远,路就有多远……兹为"后记",且请教各位方家。

戊戌夏日写于"云鹤轩"

附录一　探讨声乐技巧在歌唱艺术中的表现作用

　　摘要: 作为一门比较复杂的歌唱艺术,声乐涵盖了语言、歌唱技巧、二度创作、舞台表演等内容。声乐不仅要求唱,还要求有情,当然最主要的是唱声,音乐的最基础内容也是唱出来的声音。说到唱声,不得不提的就是歌唱技巧。本文主要着手于声乐技巧在歌唱艺术中的表现作用进行深入探讨和研究,并对相关问题提出解决的措施和应对方案。

　　关键词: 声乐技巧;歌唱艺术;表现作用

　　声乐艺术本身就是一种非常复杂的综合性艺术,不仅仅只是日常生活中的简单哼唱,更多的是将歌唱技巧和语言融合在一起经由二度创作之后的呈现,给听众带来美的享受的同时也能讨厌人们的情操,培养艺术相关的素养。

声乐技巧笼统上说可以大致分为发生、咬字、音色、气息把握等方面的内容，而这些也是表现歌曲的基础内容。"凡音之起，由人心生，情动于中"是在公元前5世纪就有了相关的总结，对于歌者来说，需要协调好各个方面，并充分融合自身的情绪，才能更好地将作品表达、诠释出来。下面以美声唱法为例来对声乐技巧在歌唱艺术中的表现作用进行探讨。

1. 音色变换进行艺术形象的塑造

作为现代歌唱艺术的基础，美声是具有其独特和突出特点的，在对于作品的表达上可以体现出多种层次间丰富的变化，将共鸣的效果最大程度地发挥出来，在美化音色的同时也加强了音量。不仅如此，对发音器官的协调和控制可以很好地控制并及时做出调整，在对于高难度的复杂技巧表达上也能灵活自如，这在声乐作品的艺术表现力方面是做出了极大的丰富。音色本身是针对于演唱者来说的，具体可以是其本身的音质或者音品的另一种称谓，专业领域内，音色的概念较为抽象且宽泛。比如常常出现的甜美、纯净、有力等都是对于歌唱者音色的一种形容。不同的音色可以给听众带来不同的体验，比如沉闷平淡的音色可以表达悲伤或者失望，嘹亮的音色可以表达喜悦或是欢快等等。对于歌唱者来说就需要根据不同的作品在歌唱时调整喉头的高低,气息的起伏等等,以此来表现出不同的情感和风格。

2. 声音快慢表现歌曲的艺术

平时唱歌时,大致可以遇到两种类型,也就是我们所说的快歌和慢歌。在进行速度比较快的歌曲演唱时,需要保持内心的稳定和平和,使曲子的旋律可以流畅且连贯,同时要注意力度和节奏,不可每一拍都很强,也不可抢拍,要找准自己的节奏,做到每一句的诠释都能一气呵成。而速度较慢的曲子中一般会有延长的单音,这些长音在演唱时就不能只是为了唱而唱,而是需要加入情感,并且有起伏,有轻重,有弹性。故而慢曲子的情感会更加丰富,对于演唱者来说也更应该饱含深情地去进行表达。

3. 声音强弱的对比来处理歌曲的开头和结尾

一首歌曲万万不能没有起伏、没有对比、没有强弱关系。如何处理好这些问题是唱好一首歌曲的关键点。在强音方面的诠释,并不是单纯地使用蛮力,而是需要以兴奋且轻松的状态去进行,对自己的发挥更需要节制,争取做到恰到好处。而且强音也会分其中的强弱,这跟情感的宣泄有很紧密的联系,当情绪发展到最高潮的时候就是强音达到最高点的时候,而在此之前的酝酿过程就需要进行相应的收敛。通常来说在一首作品中，大多数的部分都是中等或者较弱的音量加上少数部分的强音。强弱音在表达时都需要加入感情，只有这样才能使整首曲子的表达都很丰富，且容易引起共鸣。演唱者在进行诠释的时候还需要特别注意强弱变化的运用，将所有的情感慢慢蓄积，当达到顶点感觉要倾泻而出的时候就是最好的状态，也为整首歌曲感情抒发的流畅打下了很好地基础。

4. 延长高音时间渲染高潮

一首歌曲的思想最突出也是最集中的地方就是高潮部分，一般也是旋律最高的地方。在歌曲的高潮部分，往往是情绪和旋律共同达到了顶点的状态，而这个是对演唱者和作品本身而言共同的难题和挑战。对听者来说歌曲的高潮是最能刺激且产生共鸣的地方，不仅仅能给心灵带了强烈的震撼还能一定程度上满足听觉的需求。

结束语

综上所述，声乐不管是学习还是演唱都是一个相当复杂且困难的过程，要求不仅要掌握技巧，还要在情感方面进行相关的培养和提高。作为一个合格的歌唱者需要在演唱前深入理解作者的情感、背景和创作意图，并熟悉且把握好歌词的语言、音乐风格和独特的形式等等。在进行演唱时则需要充分将个人的情感体验融入在内,并在自己头脑中想象出一个立体、丰满的形象。根据作品需要适当地去进行配合,最终选择最好的表演形式和技巧去诠释和表达出来。艺术的境界是没有止境的,对于音乐的探索也需要长时间的不懈努力和探索总结来不断增强与完善,进一步将其发展得更好,更高,更强。

参考文献

[1] 柏林. 探讨声乐技巧在歌唱艺术中的表现作用[J]. 高考,2016(09):272.

[2] 董永刚.声乐技巧在歌唱艺术中的表现作用[J]. 甘肃教育,2009(09):38.

[3] 董永刚. 浅谈声乐技巧在歌唱艺术中的表现作用[J]. 大舞台(双月号),2008(06):20—22.

附录二 论声乐艺术中声乐技巧的
地位与作用

摘要:当今社会的迅速发展带动了很多行业的进步,人们生活水平的提高也渐渐将注意的重心转移到文化素养的培养方面。当前的大环境也让人们对声乐艺术的欣赏能力有了很大的提高和进步,同时也是给声乐艺术的发展带来了巨大的机遇和挑战。声乐技巧是声乐艺术中的重要组成部分,因为声乐技巧独特而优美的规律和其独有的形态在声乐艺术的创作和演奏中占据了重要且不可或缺的位置,也正是因为声乐技巧的独特美感,才能在声乐表演艺术的效果中起到重要的影响作用,并且推动者声乐艺术演奏和创作的共同进步。但目前阶段我国的声乐教育却存在很多的问题。本文主要从声乐艺术中声乐技巧的地位和作用进行深入的探讨和研究,并着力于其中存在的问题进行分析和讨论。

　　关键词：声乐艺术；声乐技巧；地位；作用

　　人类历史的长河中不乏音乐常伴左右，人类文明的进步也影响着声乐的发展，现阶段的歌唱方式和表达也在长时间的演变中渐趋完善，最终形成今天我们所说的声乐艺术。客观上说，声乐艺术承载了人们许多情感需求，并且以一种艺术形式进行表达，其独特性是很多别的艺术形式所不能比拟的。声乐艺术在长期的发展和完善进程中，时刻带动着声乐技巧的发展，并逐渐使其成为自身的重要组成部分和精髓所在。这也就要求一个好的演奏者在进行声乐艺术作品的诠释时需要同时具备高超的声乐技巧和丰富的情感，并很好地将二者融为一体。

1. 声乐技巧的特点

　　声乐作为表达人类内心丰富情感的一种艺术形式，在音乐这种特殊艺术形式中扮演了十分重要的角色，所以在对人们审美情趣的培养以及自我对美好生活的情感倾诉与表达中必不可少，这个过程中所展现出来的独特性也是很多其他艺术形式所不能比拟的。

1.1　选择适当的表现形式

对于声乐来说，最吸引人的莫过于在歌唱中抒发内心丰富的情感以及情绪的宣泄,但是对于歌唱者本身来说,往往需要先充分理解自己所要演唱的作品,最好是可以在演唱中引起共鸣。通常状况下,一个相对来说好的成熟的作品都是具有其本身独特且鲜明的特点或特征。比如韩红的作品多是高亢中暗含细腻,罗大佑的作品在粗犷深沉中又不乏其沉稳和沧桑。所以在对于作品的把握中,只有充分理解后才能在演唱中最大程度地诠释出作品的风格和内容,并且极其容易引起观众和听者们的情感共鸣。不仅如此,还需要格外注意的一点就是根据不同歌曲所具有的特点和其独特性要选择适当的表现形式,且场合不同也需要做出适当的调整。像是一些红歌,就需要我们在充分了解了歌曲背后的故事和创作者所带的情感等等之后,用适当的声调和情绪去进行表达,这样才能最大化地去展现歌曲本身想要表达的意思。

1.2 明确音乐作品的基调

声乐作品的品种和类别可以称之为其体裁形式,也是一种艺术的表现手段。通常我们可以大致将其分为三个基本类型,即赞颂、抒情和叙事。声乐的日常教学中一般会利用乐器独特且层次分明的特点帮助声音和节奏可以达到充分融合的状态,并且尽可能地加强作品本身的渲染力,对作品深层次的表达有很大的帮助。在了解了基本知识和作品的背景之后,就很利于我们对音乐作品基调的明确,然后再将高低不同音节进行恰当的组合,就能塑造出一个立体且独特的形象,而这对于作品的准确把握和表现也有很大的帮助。

2. 声乐技巧在声乐艺术中的地位和作用

2.1　能升华生活艺术的内涵

声乐艺术在进行生活情感和内涵表达的时候,通常是以比较抽象的表达方式来进行的,像这样比较深层次的内涵并不能简单地用语言或者文字进行描述,就连乐器对其的表达都是不全面的,因此我们一般会通过表演者本身所具有的声乐技巧来进行表达。声乐技巧中声调的高低和快慢都有其不同的表达含义和情感宣泄。

2.2　加强声乐艺术的情感表达

只有引起人们的情感共鸣并让人听过就难以忘怀的作品才能称之为一个好的声乐艺术作品。但是再好的作品其本身并不会表达,这就需要演奏者充分理解作品的感情再加以自己的技巧后为听众进行传递。一般加入了声乐技巧的作品情感会更加丰富,同时这样的表达也会更加的深入人心。

2.3　有助于声乐艺术风格的表现

声乐艺术分为很多派别,每一种所呈现出的内容和情感的共鸣都吸引着不同性格的人群为之倾倒,更重要的是在此过程中所传递的极具特色的艺术风格。对于每一种派别来说,其核心都是艺术风格,所以在进行表达时就需要在不同的风格特色中运用艺术技巧去进行配合,尽量符合作品的基调和风格。

结束语

声乐艺术的学习是漫长且循序渐进的一个过程,我国社会的发展也在不断完善相关的教育体制,带来挑战和给予的同时,也需要我们将更多的关注重心放在声乐技巧之上,在一定程度内推动我国音乐相关教育事业的蓬勃发展。

参考文献

[1] 武静.声乐技巧在声乐艺术中的地位与作用[J].艺术评鉴,2017(02):70-72.

[2] 李雪.论声乐技巧在声乐艺术中的地位与作用[J].戏剧之家,2014(17):74.

[3] 张白雪.浅谈声乐技巧在声乐艺术中的地位与作用[J].艺术教育,2011(12):86.

附录三 日本《荒城之月》的汉语翻译及音乐旋律

摘要:"高楼春夜张花宴,对酒传杯光泛艳。千载松枝透月辉,昔时素影今谁见? 肃秋军阵寒霜覆,嘹唳归鸿清可数。剑树枪林照月辉,昔时素影今何处? 荒城此刻中宵月,光耀为谁依旧生? 断壁残垣唯蔓草,松间哦唱只飙风。清辉天上无盈缺,人世荣枯成代谢。映照娟娟直到今,呜呼夜半荒城月!"

关键词:《荒成之月》;汉语翻译;音乐论律

这首古色古香的《荒城之月》是一首日本诗,由西安交通大学日语系金中教授翻译而成。

作者土井晚翠(1871—1952)是日本明治时代著名的浪漫主义诗人,多以慷慨激昂的笔满悲叹历史,讴歌英雄。另外,土井晚翠还是一位出色的翻译家,他用了五十年时间将荷马史诗直接从希腊语译成了日语。

《荒城之月》是公认的土井晚翠的代表作,原先作为一首歌曲的歌词而创作。全诗共由四段构成,表达了诗人对于一座荒废的古城的感慨。据金中所著《日本诗歌翻译论》(北京大学出版社,2013 年版)书中的"土井晚翠的人生与艺术"一文介绍,1898 年东京音乐学校为编歌唱集,向青年土井晚翠征求歌词,标题为"荒城之月"。土井晚翠想到了发生在会津若松的"成辰之役"。在明治维新之际,会津藩主松平容保拒绝归顺维新势力,据守鹤城同官兵展开了激烈交战。当时由十九名少年组成"白虎队"守卫。他们在山头观望到市街浓烟滚滚,得知城已遭破而纷纷拔剑自刎。土井晚翠为这一悲剧所触动,构思出了《荒城之月》一诗,通过战争与和平、往昔与今夜的对比,表现了历史的苍凉。

《荒城之月》后来经由青年作曲家泷廉太郎谱曲,传遍了日本的城乡各地。该曲哀怨凄婉,节奏相对舒缓,流露着浓郁的哀感,和歌词的配合相得益彰。旋律为四分之四拍,每段十六小结。结构上虽然学习西方音乐,但在旋律及和声上以日本的民族调式为主,在音乐审美上追求日本的固有风格。旋律简单但富有深意,寥寥数音就构成了日本特有的都节调式音阶。该曲的曲式结构方整,音域不宽,便于歌唱及各种乐器的伴奏。

　　《荒城之月》直到今天依然可以说是一首日本家喻户晓的歌曲。很多歌手将此歌作为自己的保留节目,甚至不少日本人认为此歌是日本的第二国歌。日本 NHK 电视台在每年 12 月 31 日的除夕夜晚播放"红白歌合战",相当于我国的"春晚"。《荒城之月》作为一首美声歌曲多次在"红白歌合战"登场,足见当代日本人对这首歌曲的喜爱。

　　今天,日本福岛县会津若松市的鹤城和宫城县仙台市的青叶城都立有《荒城之月》的诗碑。为了进一步加深对该作的了解,今年年初我专程去了位于仙台的土井晚翠文学馆。据讲解员介绍,泷廉太郎留学外国,在病末晚期回国的船上仅与土井晚翠有过一面之交。

　　我在自己的演出中多次歌唱过《荒城之月》的日语原版及中文版,这首歌曲也是我教学中的示范作品之一。歌唱前须注意情绪酝酿及气息准备,演唱时从前奏起就要注重意境的营造,气息要平稳,让声线在舒展中带有弹性的节拍和节奏感。须严格按照原曲的强弱音及连线音的提示演唱,在舒缓的旋律中对每个发音的口型和共鸣细致地处理。四段歌词的不同微妙情感要把握到位,演唱要尽量使人联想到歌词中凄美的画面并产生对历史沧桑的缅怀之情。

　　我以前演唱的中文版歌词如下:"春日高楼明月夜,盛宴在华堂。杯影人影相交错,美酒泛流光。千年苍松叶繁茂,弦歌声悠扬。昔日繁华今何在,故人知何方? 秋日战场布寒霜,衰草映斜阳。雁叫声声长空过,暮云正苍黄。雁影剑光交相映,抚剑思茫茫。良辰美最今何在,回首心悲怆!荒城十五明月夜,四野何凄凉。月儿依然旧时月,冷玲发清光。颓垣断壁留痕迹,枯藤绕残墙。松林唯听风雨急,不闻弦歌响!浩茫太空临千古,千古此月光。人世荣枯与兴亡,瞬间化沧桑。云烟过眼朝复暮,残梦已渺茫。今宵荒城明月光,照我独彷徨!"译者昉雪的信息不详,该译文可能问世于上世纪七十年代。

《荒城之月》的原文采用了"七五调"的日语文言,格调高古。所谓"七五调"指每句均由 7 音和 5 音的组合构成。昉雪的译文为了与原旋律相配合,采用了和日语原文一致的每句七言加五言的形式。不过,这一译文同原意之间偏差较大。

上世纪八十年代初期,大连外国语学院罗兴典教授采用七言诗的形式将《荒城之月》翻译如下:"危楼设宴赏樱花,传杯劝盏月影斜,千载松枝难遮掩,昔日清辉照谁家?军营秋夜遍霜华,飞鸿过眼晰可查,银光冷照城头剑,昔日清辉照谁家?此刻荒城夜半月,清辉依旧为谁照?唯余藤蔓绕残垣,又闻风鼓唱松梢。天上月影虽未改,人间世态几更迭,欲照河山犹熠熠,呜呼夜半荒城月!"由于中日语言的差异,日语的"七五调"实际上和汉语的七言诗在内容上较为对应。罗兴典的译文同原作在内容上相对接近。

　　一百多年前,严复曾经提出过非常著名的"信达雅"的翻译标准。金中教授在《日本诗歌翻译论》一书的绪论中,将这一标准调整为"翻译=意义×风格"的现代形式。本文开篇所引用的金中译文创作于本世纪初,不仅和原作的内容较为一致,还考虑到了诗句的平仄格律,读起来朗朗上口,富于古韵,整体上和原作的古雅风格较为接近。这首译文我读起来感觉好像就是一首中国古诗,不太意识到是一首外国诗的翻译。通过比较不同年代问世的译文,能够看到我国对日本诗歌翻译的不断前进。

附录四　履历书

姓名：潘幽燕(http://www.youyan.jp)
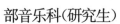
出生地：中国重庆市

学历：1986.9—1990.7 中国西南大学
(原西南师范大学)音乐学院(学士)

1994.4—1996.3 日本宇都宫大学教育学
部音乐科(研究生)

1996.4—1999.3 日本东京艺术大学音乐学部独唱科(硕士)

1999.4—2000.3 日本东京艺术大学音乐学部歌剧科
(博士前期研究生)

硕士论文：

"Pietro Mascagni 的作品分析及演唱技巧的探究"

工作经历：

2001. 4—2011. 3   所属"株式会社 FULLMARK（日本东京）"

"主要从事文艺演出·电视/电台工作·广告/教材配音"

2003. 2—2011. 3   签约日本唱片公司"TEICHIKU ENTERTAINMENT"

2011. 4—2012. 4   "10 周年亚洲歌姬幽燕灵魂系列巡回演出"

2012. 5—2013. 3   上海开放大学女子学院外聘任教

2013. 4—至今   上海师范大学音乐学院特聘教师

主要演出及获奖经历：

1996   获得国际青年表演赛特别奖、获得日本新进音
        乐家称号

1997   获得朝日啤酒音乐优秀奖
        获得第九届在日留学生音乐比赛的歌唱奖以及
        都仓奖

1998   获得第二届亚洲留学生歌唱比赛第一名

1999   意大利 VIVA 新人声乐比赛美声组最优秀奖

2001   发行第一张个人专辑 CD"故乡在那里"及 CD
        "With Others"

2002   发行个人专辑 CD"Land of Wind"
        美国洛杉矶"幽燕音乐会"（二场）

2003 发行"亚洲的歌 心中的歌"（谷村新司、森山良子等）

发行个人专辑 CD"ByeBye 横滨"

2004 出演 NHK"歌谣音乐会"以及 TV 朝日"没有题目的音乐会 21"

主持日本电台的音乐欣赏栏目"感受幽燕的风"

获得"建国 55 周年第一届国际华人音乐节"的优秀奖（杭州）

2005 发行个人专辑 CD"歌在我心中（一）"、"歌在我心中（二）"

2006 多次出演 NHK"歌谣音乐会"；发行个人专辑 CD"折鹤"

重庆市南坪艺术剧场举行归国独唱音乐会"感动中国 感动重庆"

2007 获得"日中亲善和平大使"和"爱心大使"的称号

发行个人专辑 CD"唯一的生命"以及"神的川"

2008 倡议和参加在日本东京、神户、广岛、长崎等地举行"支援四川汶川 地震灾区的义演活动"；

被评选为华侨华人文学艺术家联合会常务理事

主持日本 FM 立川电台的"幽燕心心相约"

发行个人专辑 CD"千年的期盼"

2009 促进"中国民族器乐学会"同日本的文化交流、

被授予"中国民族乐器学会艺术交流大使"的称
号；出演台湾台北市"纪念陈颖峰音乐会"

2010　获得"第一届　邓丽君歌曲比赛"冠军（恋人们
的神话）

出演"日中友好协会创立 60 周年纪念音乐会"

2011　在日本学习院大学百周年纪念堂，与日本文
化界及宗教界著名人士联合举办"日本大地
震赈灾义演"、并发行 CD《再会·镇魂——期
待笑颜》

2012　出演"日中邦交 40 周年纪念公演"；被评选为
2012 年歌谣界的中日亲善大使；举办"10 周
年亚洲歌姬幽燕灵魂系列巡回演出"出演"我
和江油（李白故乡）有个约定——万人大型音
乐会"

2013　被邀请参加鄂尔多斯文化艺术节的情归草原城
音谢故乡人大型音乐会及海内外各种声乐比赛
评委嘉宾。

2014　出演"第三届日台文化交流活动及支援东日本
地震灾区义演"、被授予"特殊贡献感谢状"

出演"日本草加市安全活动公演"、两度被授予
"特殊贡献感谢状"

"第十届中国·墨江北回归线国际双胞胎节暨

哈尼太阳节"友情出演

2015　在上海金海岸演艺大舞台举办"飞回祖国的凤
凰——潘幽燕独唱音乐会"

出演"中秋明月祭(大板)

接受"关西华人时报"专题采访报道纪念邓丽君
逝世 20 周年系列独唱音乐会"任时光匆匆流去
(横滨、东京、埼玉、山梨、和歌山)"

发行个人专辑 CD"关于爱"

"幽燕的世界"系列独唱音乐会"爱的祈祷(东
京、宇都宫)"

2016　在上海艺海剧院举办"2016 跨年演唱会——潘
幽燕独唱音乐会"

"第一回中国节——东京"出演被日本文化振兴
会授予"社会文化功劳奖"(奖状及证书)

2016　维也纳金色大厅歌舞音乐总决赛"举剑筝
砚——中国梦"领衔表演获得团体金奖、个人
雪绒花奖

频繁参与国际间的文化交流,出演"中国人留
日百周年纪念大会"、"日中国建交 25 周年纪
念　日中友好文化节"、"朝日新闻创刊 120 周
年纪念公演、日中共创音乐会 99 in 东京"、"亚
洲　歌剧音乐会"、"庆祝重庆成立直辖市 10

周年音乐会"、"重庆市牡丹节"、横滨中国电影

节、东京电影节、上海世博宣传活动。

公益活动集锦：

■ 邓丽君金曲演唱会（15周年祭；香港伊丽莎伯体育馆）

■ "感动中国　感动重庆"演唱会

■ "重庆市第七届垫江牡丹节"开幕式特别嘉宾

■ "重庆市音乐会"

■ "重庆慈善音乐会"

■ "横滨中国电影周"开幕式特别嘉宾

■ "上海世博 PR 大使就任式"特别嘉宾

■"支援四川汶川地震灾区书画展"（幽燕：在日华人艺术家联盟的常务理事）

■"支援四川汶川地震灾区义演"

■在日本电视台出演，声援上海举办的"支援四川汶川地震灾区义演"

■ 关于"支援四川汶川地震灾区义演"各类新闻报导

四川大地震被災者を支援

30日、中区で慈善コンサート

中国・四川大地震の被災者を支援するチャリティーコンサートが、30日午後6時から、広島市中区のアステールプラザで開かれる。

広島市の友好都市で、四川省と隣接する重慶市出身の歌手、ユウ燕さん―写真―の呼びかけで、県内在住の中国出身の二胡奏者や太極拳のコーチらが曲や舞を披露する。

ユウ燕さんは、07年5月に日中親善平和大使に任命され、今年のひろしまフラワーフェスティバル（FF）にも出演した。両親が重慶市に住んでいるというユウ燕さんは、「両親は、公園で何日か過ごし、今も余震におびえながら眠れない日々を過ごしているようです。広島の皆様の温かいお心を、被災地に送りたい」とコメントを寄せた。

四川省出身の二胡奏者、姜暁艶さんは、「人々の胸に届く、音楽を提供したい」と四川省の音楽や「千の風になって」などを演奏する。

入場料は2000円。全席自由で、定員は550人。問い合わせは実行委員会（082-248-0809）。

■ 作为"首都癌症患者的爱心大使"、参与北京市的公益活动

■ 在第五届"北京 2008"奥林匹克文化节上演唱《青藏高原》(北京)

爱心/和平证书:

■ "中国民族器乐学会　艺术交流大使"

■"亚洲共同体　日中亲善和平大使"

委嘱状

歌手　ユウエン　殿

貴殿は　卓越した歌唱力の持主て　日本理解は深く　当会の目的実現の為　日中両国の平和の懸け橋として　日中親善平和大使をここに委嘱致します

二〇〇七年五月一三日

特定非営利活動法人
アジア共同体推進協会
理事長　福田之保

■"北京抗癌乐园　爱心大使"

聘　书

敬聘 潘幽燕 为

首都癌症患者爱心大使

北京抗癌乐园
2007年6月24日

■"北京振国肿瘤康复医院　爱心大使"

荣誉证书

授予：潘幽燕

北京振國腫瘤康復醫院 "音樂治療爱心大使"

北京振國腫瘤康復醫院
二〇〇七年六月二十四日

■ "邓丽君慈善金曲演唱会　冠军"

■ "第三届台日文化交流活动及支援东日本地震灾区义演的感谢状"

■ "美国洛杉矶公益演出荣誉证书"

■ 日本文化振兴会"社会文化功劳奖"（奖状及证书）

■ 2016 维也纳金色大厅歌舞音乐总决赛"举剑筝砚——中国梦"团体金奖个人雪绒花奖

部分个人 CD 作品：

"关于爱"release：2015 年

"千年的祈盼"release:2011 年

"唯一的生命"release:2007 年

"歌在我心中 II"release:2007 年

实况版"歌在心中 I"release:2007 年

"神韵 神的川"release:2007 年

"折鹤"release：2005 年

"Bye Bye 横滨"release：2004 年

"故乡在哪里"release：2003 年

"大陆的风"release：2003 年

"With Others"release：2002 年

图书在版编目(CIP)数据

幽兰燕歌:一个抒情女高音的星路物语/史鹤幸著.
一上海:上海三联书店,2019.
ISBN 978-7-5426-6612-3

Ⅰ.① 幽…　Ⅱ.①史…　Ⅲ.①传记文学—中国—当代
Ⅳ.①I25

中国版本图书馆 CIP 数据核字(2019)第 024925 号

幽兰燕歌

——一个抒情女高音的星路物语

著　　者　史鹤幸

责任编辑　钱震华
装帧设计　陈益平

出版发行　上海三联书店
　　　　　(200030)中国上海市漕溪北路 331 号
印　　刷　上海昌鑫龙印务有限公司

版　　次　2019 年 5 月第 1 版
印　　次　2019 年 5 月第 1 次印刷
开　　本　700×1000　1/16
字　　数　200 千字
印　　张　21.5
书　　号　ISBN 978-7-5426-6612-3/I·1493
定　　价　68.00 元